本书编委会

主　编：纪任才　卢　辉
副主编：颜全钦
成　员：连诒庄　黄晓莲　程梅琴　林晓晶　翁媛婷
插　图：张新仁

本书为福建省文联专项资金资助项目

三明之美

纪任才 卢辉 主编

三明市文学艺术界联合会
三明诗群研创基地 编

海峡出版发行集团
海峡文艺出版社

图书在版编目(CIP)数据

三明之美/纪任才,卢辉主编.—福州:海峡文艺出版社,2023.10
ISBN 978-7-5550-3461-2

Ⅰ.①三… Ⅱ.①纪…②…卢 Ⅲ①诗歌－中国－当代 Ⅳ.①I227

中国国家版本馆CIP数据核字(2023)第191699号

三明之美

纪任才 卢辉 主编
出 版 人 林 滨
责任编辑 邱戊琴
出版发行 海峡文艺出版社
经　　销 福建新华发行(集团)有限责任公司
社　　址 福州市东水路76号14层
发 行 部 0591－87536797
印　　刷 福建东南彩色印刷有限公司
厂　　址 福州市金山浦上工业区冠浦路144号
开　　本 889毫米×1194毫米 1/32
字　　数 160千字
印　　张 10.625
版　　次 2023年10月第1版
印　　次 2023年10月第1次印刷
书　　号 ISBN 978-7-5550-3461-2
定　　价 80.00元

如发现印装质量问题,请寄承印厂调换

明亮 明快 明丽
——中国新诗的"三明之美"

谢 冕

明亮、明快、明丽。写下这六个字,我被自己感动了。我找到了我对这个地区诗歌环境和氛围最简洁、也可能是最恰当的概括。地区是福建省三明市,它管辖三元、沙县、永安、明溪、清流、宁化、建宁、泰宁、将乐、尤溪、大田等县区。今人有词曰"宁化、清流、归化,路隘林深苔滑",写的就是这一地区。先前有人试图诠释这地名,曰:三明者,开明、清明、文明。这种概括是根据诗应有的时代追求作出的,毕竟有点"隔"。我看重的是三明独有的、让人神往的自然风情和文化景观,我选择了上述那六个字。

三明地处闽之西北,域内青山连绵,溪流婉转,风景绝佳。此地乃遥远的闽江源头,它们铺展了大地的一片明亮。全域为绿色的森林所覆盖,有一条地图上很难找出的小江叫燕江,诗人蔡其矫到过,而且留下了一首美丽的诗:薄雾的早晨,小小的鱼排,站着鱼鹰,你是多么沉静!这是在八闽大地上随处可见的风景,热爱这土地的诗人,当年虽然处境艰危,却也是为它的美丽所倾心。诗人用笔轻轻一点,就写出了这片山水的沉静之美。

沉静是这里唯一的"音响"——另一位年轻的诗人敏感地"听"到了这"沉静"的声音背后的"颜色"——"橙色阳光镀亮的小径""风把所有的枝头吹醒""无言的桃花开在心口"。三明就是这样一片神奇的土地,所有的诗人都能在这里找到令他们心迷的美丽。漫山遍野的毛竹、三角梅、黄花槐、红花紫荆,装饰了乡村和市镇的梦境。鸟声一路传来,你看见经霜的辣蓼在开花,河水清清颤动,一只白鹭在水中沉思。不仅是雾气迷茫的清晨,拥有山间水涯惊人的风景,还有月色澄明的夜晚——溪水蓄满清露,月光斜斜插在船头;收藏在莲花峰里的旧时光,一半泡在了月塘之中,"水声载着明月潺潺而来"。

三明给予人们的是移步换形的风景。这里有桃花十里的喧嚣,又有芭蕉听雨的宁静。行走在三明多彩的山水之间,仿佛是行走在百里连绵的画卷之中。这里的美丽不是短暂的片刻,而是一种恒久。一片片的黄,一片片的绿和红,它们在阳光下飞舞,"像昨日的诗篇"。动人的往事,浴血的斗争,古老的传说,记载着一些过往的名字,那些带着满山花草的芬芳的名字,在悬崖下永存。诗人趣言:一定有些圣旨落在石板缝里,没人捡起就长苔了。他们用优美的语言记述着遥远的故事：龟山弦诵，立雪程门，榕荫怀古，虹桥暮雨。诗人说："在一朵金盏菊的花瓣里，我看见重重叠叠的时光。"

难忘三明，难忘大金湖，难忘甘露寺，难忘那里明澈的湖水。那一年荷开时节，我到了建宁。记得那是赴与荷花的约定。"与荷有约"。这是我第一次造访梦中神游之地。"接天莲叶无穷碧，映日荷花别样红"，在建宁，眼前展开的是铺天盖地的荷花海，非常的震撼。建宁的诗人与荷为伴，个个都是荷的知心人。他们说，湖岸上走着的女孩，"也都是行走的荷花"。一路的荷香伴着动人的明眸皓齿，足以令写过"毕竟西湖六月中"的诗人为之感叹：毕竟西湖之外还有宽广无边的天地！那次在建宁的相聚非常的美丽，我在建宁会见了许多美丽的人和事，那是我的亲爱朋友的故乡，那是我的新结识的友人引以为豪的家园。和风明灿之中，旧雨，新知，长裙曳地，珠光鬓影，荷花和莲叶的香气，浸染了周遭的空气。往事历历，终生有约，毕竟难忘！

此刻，我的案前铺展着带着荷香的诗稿，春风拂过，草木宁雅，夏雨浸润，珠玉裂透。我终于找到了我对三明诗歌的感觉，不，应当是我唤回了我对这些诗篇给予我的秀美的心灵冲击。山水伊人，修竹荷香，这是三明诗歌特有的意象：明亮、明快、明丽！这也是三明诗歌为中国诗歌创作的一个美学的倡导和提醒。我们知道，人们对于诗的期盼是繁复的，人们对于诗美的祈求更是多元的，六个字只能是其中之一，不能是唯一。但是这六个字表达了一种健康的风尚，是一种有益的提倡！李白诗云："清水出芙蓉，天然去雕饰。"这当然是一种可以永恒的美。

　　只能是明亮、明快和明丽构成的"三明"，只能如此的概括和表示。不会是"明白"，不会是"明了"，也不会是"明确"或者"明晰"，那些，不会是诗学范畴的寻求和指针，也许可以是"明媚"，但有些俗艳。"明洁"是可以的，但是，只能限于三明的"三"。

2023 年 4 月 5 日　癸卯清明
于北京大学

目 录

三 明

起飞……………………………………… 舒　婷　003

麒麟山（外四首）……………………… 卢　辉　004

恋佛……………………………………… 黄莱笙　009

全世界的绿，仿佛都到这里聚集（外一首）…… 黄泽民　011

钢花飞溅的图案………………………… 鲜　圣　013

文明的诗韵……………………………… 温勇智　016

红色胎记（组诗）……………………… 辰　水　018

我总把沙溪当成自己的血管（外一首）…… 连占斗　022

园林城市………………………………… 王志彦　025

制造车间：代代沪明情………………… 龙小龙　027

林改诗帖………………………………… 林国鹏　029

三　元

万寿岩组曲…………………………………马信骃　033

忠山十八寨…………………………………刘建朝　041

三元豆腐坊记忆……………………………龙小龙　043

瑞云马背岩（外二首）……………………张传海　045

腊月，锣钹顶赏雪（二首）………………雷贵优　048

大佑山：聆听山水之音……………………刘　巧　050

说三元话的黄花槐和红花紫荆……………王爱民　052

格氏栲：鸟鸣………………………………刘　巧　054

三元印象……………………………………叶燕兰　056

金丝湾………………………………………赖书生　058

沙　县

沙县地理（组诗）…………………………马兆印　061

淘金山组诗…………………………………张盛钊　065

俞邦谣（外二首）…………………………江郎子　070

沙县小吃：把个闽字嚼得沙沙响…………王爱民　073

肩膀戏………………………………………卢　辉　074

罗从彦………………………………………江郎子　076

大洲古渡……………………………………马兆印　077

水美古堡（外一首）………………………杨铜平　079

中关村科技园（外一首）……………………	龙小龙	082
虬城，我轻轻爱着……………	李若兰　黄　晨	085

永　安

燕江………………………………………………	蔡其矫	089
桃源洞………………………………………………	黄莱笙	091
风把枝头吹醒……………………………………	林秀美	092
巴溪湾上的灯火（组诗）………………………	赖　微	094
永安（组诗）……………………………………	关　子	100
吉山行（组诗）…………………………………	辛　也	105
安砂红军渡口……………………………………	芦　忠	107
梦回贡川…………………………………………	聂书专	108
杨表正：古琴曲…………………………………	邱　天	110
石林………………………………………………	高珍华	112

明　溪

滴水的回声………………………………………	林秀美	115
南山，悠然（外一首）…………………………	曾春根	119
明溪蓝宝石………………………………………	林国鹏	125
春天淹没在洋龙花海……………………………	枫　笛	127
滴水的传说………………………………………	王秀萍	128

紫云观鸟记	徐晓红	129
在旦上，我沿着红军路一个人突进	林急闽	130
那条流过常坪村的小河	赖　微	132
红豆相思，逐梦归化	寒江雪	134
明溪革命纪念园	方　了	136

清　流

清流：红色记忆（组诗）	巫仕钰	139
谢地（组诗）	陈小三	143
登大丰山	上官灿亮	146
姚家山的樱花红了（外二首）	李新旺	148
灵台山	李森辉	151
南寨	伍昌荣	152
清流九龙湖	新旺　昌荣　仕钰　林根　素华	153
九龙广场	柒零年代	161
在拔里	赖　微	162
在清流参访石下芬芳俚后随记	连仁山	164

宁　化

向着太阳，我们从这里出发（外一首）	唐朝白云	169
凤凰山的红军街（外一首）	惭　江	172

宁化长征铜雕	胡云昌	174
一本军用号谱	程东斌	175
客家祖地	白瀚水	177
黄慎（二首）	离　开	180
记湖公祠的戏台	若　溪	182
客家小吃	边　雨	183
上坪村的秋（外二首）	离　开	184
去九柏嵊（外三首）	胖　荣	188

建　宁

莲心有云（外三首）	曾章团	193
在建宁，以词牌名的方式	胡云昌	197
渔家傲：一件衣服的故事	唐朝白云	199
莲说	林晓晶	201
在闽江源	王志彦	202
濉溪春秋（组诗）	唐朝白云	205
莲乡新韵（二首）	宁江炳	210
金铙山上的红叶（外一首）	陈映艳	213
在建宁：以水作镜	李若兰	215
从高峰村走过	赖　微	216
每一个人家都搬进莲蓬里面住	惭　江	218

泰　宁

呼吸　在宽大的手掌间（外一首）………… 林秀美　221

泰宁，在世界自然遗产里………………………… 镜　子　224

泰宁西北骄傲的山群（外三首）………… 萧春雷　225

泰宁：春天的花魁（组诗）……………… 张应辉　229

尚书第………………………………………… 康惠玲　235

去甘露寺……………………………………… 黑　枣　236

梅林戏………………………………………… 张凡修　239

泰宁红军街…………………………………… 辰　水　240

大金湖………………………………………… 青　黄　242

夜泊大金湖…………………………………… 吴德权　243

猫儿山………………………………………… 昌　政　244

将　乐

玉华洞………………………………………… 范　方　247

程门立雪……………………………………… 卢　辉　250

西山纸传奇…………………………………… 张凡修　251

将乐擂茶……………………………………… 梅苔儿　253

龟山弦诵（外一首）………………………… 何爱兰　255

兰花溪红豆杉王……………………………… 芦　忠　257

龙栖山	罗唐生	258
桃溪春涨	何爱兰	259
将乐，在深呼吸中	镜　子	260
常口：金溪之上	罗唐生	262

尤　溪

半亩方塘	陆　承	267
南溪书院（外一首）	沈　河	269
朱熹故里（外一首）	阿　卓	271
桂峰村（外一首）	昌　政	273
联合梯田三十行	南有湘竹	275
"全球重要农业文化遗产"，乡愁的策源地	梁　梓	278
光裕堡	林长煌	280
街面水库	沈　河	281
半月岛与白鹭共舞	张龙游	282
龙门落叶	梁新运	284

大　田

广平银杏群	汤养宗	287
路过一个名叫阳春的村庄	叶玉琳	288
印象·大田古堡（组诗）	连占斗	290

通驷桥 ………………………………… 华晓春 296

七星湖，收养一条大河 ………………… 颜良重 298

象山吟（外一首）……………………… 胖　荣 300

均溪（外一首）………………………… 连仁山 303

在金岭（外一首）……………………… 叶建穗 305

茶香温暖百年的时光 …………………… 潘宁光 308

紫云瀑 …………………………………… 林珠妹 310

附　录

名家谈三明诗群 ………………………………… 311

后　记 ……………………………………… 323

三明

起　　飞

舒　婷

——矗立在市区，有三只白天鹅……

刚覆上羽衣
冲天而起的欢乐，顷刻
颤抖为云端长唳
丰润舒展的秀腿劲翼
原是三位芳心战栗的少女

黑夜的链条
已化为抑扬顿挫的珍珠
活泉浮托着三朵轻云
冉冉于
曦照如缨如络的芳草地
起飞
起飞
将一阵迫不及待的冲动
晕红在
小城晨妆的明镜里

麒麟山（外四首）
卢　辉

麒麟山都是我的，我吻她
我就是露珠
挂上一滴，看着草长大

这个早晨，雾很新鲜
鸟是过渡时期的
故交。我在松子壳里
有个记号

这么多山的随从，我就爱影子
秋的影，水的影
崖壁，青藤，鲜花，绿道
时间的影

一年又一年，我顺着影子攀爬
比影子更高的麒麟山
比山更高的
三明

三明是饱满的

三明北站是饱满的,动车是饱满的,站台
是饱满的;货物
提前到达目的地,速度是饱满的
沿途的园区是饱满的,脚手架是饱满的
桥梁是饱满的,河道是饱满的
风是布袋子,装满新鲜空气,风景是饱满的
因为园区排两边,厂房是饱满的
人人都是建设者,身份是饱满的
庄稼是饱满的,沙县小吃是饱满的
读书声是饱满的,绿色多多,林地是饱满的
天一亮,整个三明都是饱满的

三明城,看起来都像是光影

凡是在三明,被夜色包裹着的
街市,被一束束灯光洗礼的
路面。有人还在路上
有人预备幸福
此时此刻,色彩驳杂的街市变得和蔼可亲
有沙溪是美的
这座城市的每一盏灯,需要水的照应

不时有车从列东街经过
远处的灯光,看起来
都像光影

万达,美的大道
天天都在各自的门面,营造另一盏灯
款款而过的沙溪,桥上的中国结,包括闽光
一直占据在这座城市的
中央

麒麟阁与沙溪

三明城有个麒麟阁
不是节日,灯也是亮的
罩着你,抵一件暖衣
甚至于,你还可以把夜晚打开,说不定
那就是天上的那个夜晚

阁顶,随心升高
仿佛自己就是一杆标尺,可以升得很高
无限的时间,无边的空间

很多人在秋天的上方
成了望远的人

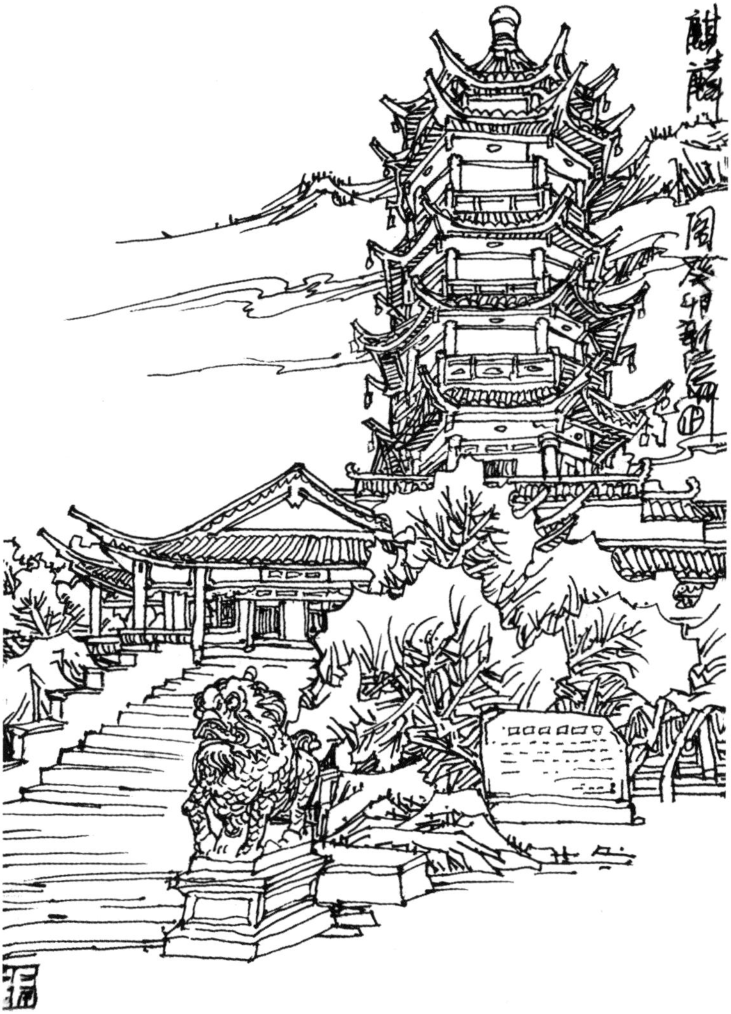

每一年，我都用沙溪写四季
一泓泓，一汩汩
水是水，浪是浪
不用修改
足够表情达意

三明要数的东西很多

我数过三明，有时怕指头不够用
后来一想，三明不是我随便就能数的，一如金铙山
那个海拔，到了该数的时候
一点都不嫌高

水与树，三明都很多
数着数着，就像阿拉伯数字排成队
不是李白的三千丈，就是金山银山
十里平湖

三明要数的东西真的很多，医改林改教改
都能数出金灿灿的光点
凡是三明人，都相信金溪，从源头到入海口
一路奔跑

恋　佛
黄莱笙

群山皆佛
尊尊打坐
裹一袭野林织就的绿袈裟
腆一肚浑圆鼓鼓的莽山坡
峰面上总露一弯岩崖有如笑窝

君若进山
莫忘先在山外的湖海沐浴更衣
然后沿山径走进经文
当身旁香飘众佛气息
便知大肚能容容天下难容之事

君若出山
莫忘牵一涧佛前圣水奔流红尘
净地何须扫空门不必关
看天涯海角鹬蚌相争
还当开口便笑笑世间可笑之人

长风习习

那是遍山诵经的梵音

一万座山峰便是一万尊佛形

峦佛无边

众佛无边

全世界的绿,仿佛都到这里聚集

(外一首)

黄泽民

误入时常被描述成小确幸。误入武陵源

误入藕花深处。在三明,误入一条山道

就误入春天了,水围上来、树围上来

如果你继续前行,会有不同的季节围上来

山谷的月亮,特别安静的一朵花开着开着就上了树

山顶的白云,特别轻盈的一艘船

驶着驶着就有碧波荡漾开来

全世界的绿,仿佛都到这里聚集

她们簇拥着、呼唤着,出山而去

站在闽江口,人们会说:这水是从三明来的

这时我会想:最安静的绿出场了

她就要汇入无边无际的远方了

轻轻的绿

我走了,山城

森林黝黑,我轻松飘过

一枚小小的绿叶

我曾长成瓷壶口上的一只眼眸
吸引了过客的目光
如今,我也是一个过客

我很小
轻轻地,我将走出方寸之间
绿回大地之上

钢花飞溅的图案

鲜　圣

一场新雨，刷新一条道路
一条河流，让一块土地，加快前行的步履

星光里的三明，熠熠生辉
那些钢筋，在匹配中长出新的力量
昨天的辉煌，续写在今天的发展中
一座新兴工业城市的名片，引领它在奔跑

钢铁是另一只手臂，挽着三明行走
冶炼的火光，一直在呼啸
每一个熔炉，都发出了滋滋的呢喃

钢花飞溅的图案，越来越清晰、越来越传神
飞溅的钢花，像无数的雨点，落进土壤
开出一树工业的新花。冶金、化工、新材料
种类齐备的工业种子，一起撒播
植入三钢的基因里，枝繁叶茂

齿轮在旋转，机械在轰鸣，煤吐露出清香
机器人与钢花在相互喊话，精密仪表上的数字
跳动着三明每一天成长的刻度和站立的高度

工业气息，弥漫山川河流
生态之城，绿色之都，保持完美的姿势
绿油油的大地，一树迎春花，开出她的风姿
文明的火炬，升华为一轮光彩夺目的太阳

工匠精神，因为细腻、精准、坚韧
像红军精神一样，浩荡而深远
传承、创新、突破，这些动词
回归到钢铁工人的手上
都叫锲而不舍的时尚和风采

对于传承，工业的血管里
回响的涛声，洗礼着人们的认知
对于创新，时代的狂澜，助推产业的车轮滚滚向前
对于突破，每一把镌刻时空的刀落下，就是幅绝妙画卷

从一粒煤，到一座工厂
从一块矿石，到一堆钢材
步履快捷、铿锵、豪迈
奔腾着当年呐喊的声音和磅礴的气势

三角梅，迎春花，在风中微笑
灿烂的表情，谁都可以看见
延绵的溪水，孵化一片新绿
在这个 AAAA 级工业景区里，神清气爽

文明的诗韵
温勇智

是的,我还倾心于一束文明之光的指引
陆地抑或海洋,高山抑或岛屿,城市抑或乡村
以文明的姿势,迎接持续的诗意和福祉
文明之光,这三明蕴藏的诗韵
与我的诗歌一起,在大地的诗意里漫步
唱响了三明的新时代

文明之光,可抵达每一个角落
历史与现实,神话与锦绣,都摆在这里
满意在三明,写满了全国文明城市的力量
在星辰和蓝天的皮囊与毛细血管里
涌荡着志愿服务的情愫

日升月落里的修辞,正敲响文明的脉冲
开明、清明、文明
一次次引发大地与天空的共振
催开了春花,承接万古的向往与追求

就像红色文化、绿色文化和工业文化的合璧
大炼互补术,"新时期精神文明建设是从三明开始的"
坚定而自信的言辞,表达立场或理想
给人间一个优雅的姿态
或给世界一个朝觐的中心,像一只银雀
牵直了无数人惊艳的目光

红色胎记（组诗）

辰 水

红色胎记

青山如屏。一个诞生红色故事的地方
三明。用一行行脚印，踏石留痕
走出去，从起点到终点。再从终点，回望
过去的岁月，一种"红色动力"催开
一朵朵红色的花朵，遍插人间

三元区，忠山村。一处处埋忠骨的地方
青山不老，斯人长逝
我所敬仰的先烈，一个个长眠于此
再也无法醒来，却为青山值守，实践一生的承诺
成为大山的灵魂，宽容、厚重……

这是一个红色的胎记。在三明
与共和国共同成长，在大地纵横的沟壑上
在巍巍的青山中，红色是一种底色
历经岁月的洗礼，终于完成
一次美丽的"蝶变"

一粒食盐

西际村。一条食盐小路,弯弯曲曲
脚印,深深浅浅
一副挑盐的担子,遗落在历史的角落
落满尘埃,轻盈又厚重
盐筐里的那些结晶体,闪亮
如同信念,拥有不可摧毁的力量

踏遍山路,一担盐
也有着它自己的侠肝义胆、互道衷肠
老乡,老乡
一粒盐,是一介草民
溶解一方群众,送子上战场……

直到鲜血中的盐分,流干
在这片红色的土地上,结疤、生长
成为雕塑,成为榜样
一粒盐中所蕴含的力量,坚韧、顽强
在那个烽火的岁月
不改本色,一心向党

从一间打铁铺再出发

峰回路转,山路崎岖
从一间打铁铺出发的火种,一把镰刀
一把斧头,下山、过河
燃起烈烈大火,红遍中国

那些火星,迸射。铁与铁,撞击
百炼成钢。如革命的意志
经受住淬炼,才能成为一名钢铁战士
在灵魂里放置一块铁,拥有它
沉重,坚硬,不改初衷

如今的打铁人,他们用自身来锻造
一个绿水青山的三明
铁,只是一种符号,一种意志
在乡村振兴的路上,打铁人
首先要自己硬,要有粉身碎骨
也要捻成几根铁钉的勇气。在时代的洪流里
深深地钉入,嵌入
我的三明,我的祖国

一封未送达的家书

家书抵万金。烽火连天的岁月

一封家书，到了平安的年代才被送达
只是收件人，已换成了子孙
那个讲述人，也已是白发苍苍
他在故纸堆里，翻拣一个曾经兵荒马乱的中国
一封家书，也无法抵达的中国
翻过雪山、草地，一封家书
隔着两个时代，姗姗来迟
它停留在博物馆的一角，玻璃的后面
比黄金更珍贵，比岁月还沉重
泅漫的字迹，让感情隔着时空再次迸发
那是一个人的爱情、亲情
化为历史的只言片语，一页档案

"车辚辚，马萧萧……"
多少家书，多少男儿
在纸上的表白，消匿在时空深处
连炮火也是一种孤独
家书是最慢的回忆，缓缓打开的老电影

我总把沙溪当成自己的血管
（外一首）

连占斗

我总把沙溪当成自己的血管
其实它何止是我的血管
是一座村庄的，一座城市的
是大地的

我总把沙溪当成了光阴
仿佛它会储存往昔　会拓延未来
其实，它只是光阴的一条通道
如果能留下的
只有岁月的喘息
它比涛声更恒久

我总以沙溪为镜子
照大地的肚肠，照天空的面容
其实，它还照出我自己的胸襟
希望把自己载往前方
把大地留下，当作我永远的家园

又见沙溪河

今晚的沙溪河激荡不安
摇荡的波光一叠压过一叠
好像它们自己纠缠不清的样子
因为风,也因为雨

秋风扫过沙溪河
含着几丝冷意
但秋天并不是讥讽
它是热爱沙溪河的
它吹过沙溪河只是想告诉三明城
秋的意韵与众不同

秋雨绵绵不绝地落在河面上
好像时光的轻舞一样
意想不到的是沙溪河如此兴奋
有如一个个男男女女的少年狂
它原本只想告诉三明城
秋雨虽然贵如油
但今天它不吝啬

沙溪河穿过三明城天下皆知
沙溪河如此荡漾连三明城也惊愕

因为风雨,因为秋光
沙溪河无法冷静下来
它深深地感觉无法停留太久
街上都是你追我赶
时光如此匆忙
今夜过后,人人都将奔向更远的江山

园林城市

王志彦

把三明的画卷，从三元、永安、沙县
尤溪、大田、明溪、清流、宁化、将乐、泰宁、建宁
铺开，就是"绿色宝库"的新篇章

把诗篇中的水乡园林、田园风光、新型企业
铺排成立体的画卷，就是金铙山与金溪的对饮
是毛竹、三角梅、黄花槐、红花紫荆之间
碰撞出的经典唱词

把唱词中的所念、对白、诗化去掉
就是三明地理上宜居、宜业、宜游的绿色篇章
把金湖、桃源洞、鳞隐石林、闽湖渲染成一幅水墨画

而今。南词入茶，风展红旗，梦想提速
生态给出的黄金，在三明大地慢慢移动
仿佛每一滴溪水，都成为美学的墨，为三明遣词造句

自然的泥土、流水、草木，在季节里从不懈怠

它们是人间的信使,是生命中原汁原味的歌谣
就像隐约的星辰,带给城市和村庄无限的慰藉

这么多诗意的铺排,在三明延展着生活中的甜
这么多流水和草木,成为起伏、转折、支柱和情怀
大美三明,已是一部园林城市的经典剧本

制造车间：代代沪明情

龙小龙

大工业是一部三明史诗
工厂的炉膛内部最具沪明情怀
那是激情动荡的宇宙，里面有运动的星辰
和喷薄的太阳
由此，我终于知道了前辈们在沙溪河畔
挥汗如雨的目的和意义
也看到了他们酣畅淋漓的奋斗场景
上海人、三明人是一家人
"第一吨钢铁、第一张铝箔……"
无数个第一，组合成沪明情的历史纪录
纪录是用来纪念的，更是拿来前行的
由此，我更理解了人们前仆后继地建设
如今，智能化、程式化、标准化的生产线
链接交互的资源整合
高规格的设计，有声韵的圆润也有文字的陡峭
产业集群宏大而和谐的篇章
三明与上海在遇见中生成美丽

当所有的零部件都经过精心打磨
上海所有,三明所需
都是在高质量发展中完成的
别小看那些机械手,比人手灵活千百倍
这一天正是沪明再续前缘的日子
它在一张银白的轧板上
雕出了一朵精致的蓝色玫瑰
献给一名车间女工

林改诗帖

林国鹏

三明是一个盛产绿意的地方
一株竹子,就是一个隐士
如此自在,豁达,宁静,隐忍……
每一片竹叶,都长着一只小耳朵
带着幸福的幻想,在林间听课
我相信,从想象中破土而出的竹笋
会赋予它更多的故事。你看
流水在泼墨,轻风在舞剑,花香在吟诗
仙风道骨的竹林站成了永恒的风景
在这里,用美与爱滋养的毛竹林
一定住着用清水洗过的四季

把山当田耕,把林当菜种
翻阅竹海,森林营业着一个绿色银行
收藏着露水、月光,还有平仄的诗意
每一页带着翅膀的鸟鸣,飞上了繁茂的枝头
我无法猜透,它们线装的音律
我无法破译,它们带有偏旁部首的独白

我只知道，这片沃土种出了干净的竹林
是啊，我学着一株竹子
轻轻摇晃自己，那些散装的欢乐
就撒了下来。我还要给自己
起个好听的名字：毛竹林
你叫我时，所有的绿意就飞了起来

到竹林深处借宿，再喝几杯月光却有了微醺
当你只身一人，走到竹林的尽头
触摸的不是一场倒春寒，而是未启封的抒情
如果碰到一个词，那就叫它"林改"
用竹笋将自己拔高
是啊，我写下的文字
无法单独歌颂。那就让风轻轻推送吧
我知道不能忘记的常口
它们习惯在林地升高，在一个拔节中孵化金山银山

去远方不是一次漂泊，进竹林
不是一场意外。是啊，我要赶在
晨露挂满枝头之前
留下绿水青山，对此刻的美负全责
我们深信：一张张碳票就是幸福……

三元

万寿岩组曲

马信墩

序

十八万年前的星光
遥远得让我们无法仰望
当一种思念弥漫
或许孤独　遥远的人群啊
我亲爱的伙伴
沸腾的火把你们的洞穴炙烤
看着你们远行
别忘记荒原冷峻的月色
面对锋利的空气
我相依的伙伴　你看
我也是泪水盈眶

一

在一朵金盏菊的花瓣里
我看见重重叠叠的时光
那遥远的星火走过了风雨沧桑

不要奇崛的姿态

不要浓郁的盛装

山是水的歌,水是山的韵

三元盆地是一块肥沃的土地

芳草萋萋,新月弯弯

一棵经历雷霆万钧的大树

必然绽放幸福的光芒

二

温厚的土地　携着十二双黑亮的眼睛

深情地凝视父亲母亲金黄的背影

那起伏的心愿　从春天深处

姗姗而来

又走向秋天宽厚的怀里

在大雪来临之前　乡亲们

贮存粮食、木炭和清凉的泉水

宁静的村庄开始沸腾了

歌子如火　点燃了

种子、酒和女人的眸

我的乡村爱情

在一场纷飞的大雪中

站成村口那株古老的桂花树

三

唐时的风雨刻在祖父的额上
塑成一尊黯然的慈祥
冬夜，倾听一根烟管
质朴的乡音永远是一种沧桑
父亲佝偻着腰扶正我的姿势
母亲沉陷的皱纹写着福祈
布谷鸟叫出一种新的经营
茅檐滴下一串古老的民歌
长成阶前小草青青

四

沿着沙溪河溯流而上
祖先以极美之辞给予灵感
打开宽广的音域
一朵花悄然盛开　花瓣上
祖先有关心灵的文字
让我的语言返回古朴的村庄
祖先从农事中抬起头
有风自苍凉的额头掠过
千年以前的文字啊
烫伤所有的语言

五

遥远的北方

我听到金黄的稻穗在呼喊

那纯朴厚重的共鸣使风都灼热了

一声一千年哪

从中原的上空铺天盖地席卷而至

你赤着黑黑的双足

把自己种在漫漫黄土里

你把粮食高举过头顶

你把烈酒洒入洪荒

你把日子跪在双膝

你的独轮车破了

坎坎坷坷地走过半轮月亮

男人,把孩子扛在肩上

女人,用双手经营温暖

那红色的诗行

深情吟唱

六

我们路过的村庄

春风也一起路过

你看春风沿途播撒的足迹
俯拾皆是
有桃花十里的喧嚣
有芭蕉听雨的宁静

春风路过天底下所有村庄
和所有村庄写下幸福的约定

而我们，只路过其中几个
这已经足够
因为幸福其实很简单
比如夜雨剪春韭
庭阶扫落花

天高地迥，春风漫漫
我们一起路过村庄
走进无数的幸福

七

一棵树就是鸟儿们的一个村庄
村子里秩序井然地吵吵闹闹着
村民们日出而作，日落而息

有时,它们在村子里开会
商量秋收冬藏
有时,它们在村子里相亲
一对上眼,就双双飞向蓝天
欢快地恋爱一场

每个村庄都很安详
村民们自由自在
日子长着脚,风儿长着翅膀
慢慢地,村子越来越多

八

在饱满的春寒里
风赏三分,雨赏三分
剩下的就交给整个春天

让惊蛰的虫鸣和雷声一样大
让春分的黑夜星光灿烂
让清明的烟火温暖人间
让谷雨的种子茁壮成长

季节没有剧本
生活里头没有故事
若无料峭的寒和丰沛的雨水
怎么对得起十分春光?

我们在万寿岩下
默默喝茶,吸烟,聆听
春天在农业腹里的歌唱
歌声清越,歌韵悠扬

万寿岩国家考古遗址公园

忠山十八寨
刘建朝

　　官道穿过村寨时,修炼成天龙
　　引来的商贾游人
　　把片刻歇息地繁华为街市
　　被磨平的青石板不语
　　这些元明清古建
　　愿以宏伟的气派作证

　　至于古建筑的秘密
　　一半悬挂在梁柱、门楣
　　刻成意蕴深长的窗棂
　　一半被岁月熏得乌黑
　　红七军团的标语
　　挥洒着朴素的激情
　　唤醒寨子山民,也为忠山
　　涂抹上另一种辉煌

　　石桥填补了到彼岸的空白
　　有的桥墩在岸边搁浅

犹记曾经的辽阔与澎湃
一村四进士，入仕数百人
我从官道、石桥追寻
他们遗落的精神质地
随坚硬的石板一路朝拜先贤祠
闽学四贤的画像闪闪发光

三元豆腐坊记忆
龙小龙

传唱中的那些场景
常常勾起许多古老而悠远的回忆
说的是三元之小，小如磨坊
其转动的磨盘发出的吱吱呀呀的声音
城外都能听见
豆腐坊小，能量却大
养活了一代代三元人饥肠辘辘的胃
豆腐坊，以水为阴，以豆为阳
制作出清白的乡土风情
简单、陈陋，做着淳朴美好的梦
而又质朴温良，像摇篮，像孵化器
孵化出现代的工业文明
随着大城市的声浪渐渐兴起
钢铁、医药、纺织、设备制造
集聚成另一种规模生产的景观
小城注入成长的加速度
我们的豆腐坊便默默隐退一隅
像一名老人，在夜晚

遥望漫天星斗，看到撒开的豆子颗粒
就仿佛看到了年轻的自己
老人的眼里盛满了慈祥和热泪
那些关于豆腐的故事

瑞云马背岩（外二首）

张传海

这匹马嘶鸣着
在云雾中
追，它在追风赶月
在瑞云洞里，一个"有容"
容纳下世间的万千气象
山顶的水往山下飞流
山下前行的人
在追赶上山的路
追，风追
云追
月追
人在追
去追赶多年前丢失的脚步

快，骑上瑞云这匹骏马
一追就是万年的征程

虎头山,一只深秋的手

一个秋凉
从草尖而起
一阵又遛过松林的掌间
挤进石缝的风
吹动着季节轮毂
深秋的手
拂去了一季的炎热

深秋,我行走在虎头山间
望一川草木、一山风雨
在一层绿浪中,望一座城市
一个个行走的人
模糊在远方

一个人拾阶而上
上千百级台阶
上山,看
孤岩上一只鹰的飞翔

清枫谷

青石板的小路不再寂冷
她是有温度和情怀的
她刚被春天的太阳拥抱
又被初夏的月色吻起
山风从锣钹山顶徐徐吹来
如酒的流泉从密林幽谷中涌出
游人寻觅着香醇
踉踉跄跄中,一头醉倒在夕阳的暮色里
而溅起的星光,在四周的山冈
被苍茫的夜空收藏
不善言语的清枫谷啊
总是那样的迷人
来时的人早已忘了归程
此时,月上东山
一声蛙鸣
听取着丰年那片香甜的稻花

腊月，锣钹顶赏雪（二首）

雷贵优

那雪那轻

群峰默默阅读天空的来信
一夜之间全都白了头发
一如你的鬓角
不知不觉就爬上了白色的重量

雪里取火的那人
梦里尚有昨日的余温
一枚素笺穿过岁月
比飞舞的雪花更白更轻

雪就要化了

你还来不及回味
雪，就要化了
先是山的阳面，后是山的阴面
如你此刻或曾经敲下的一行行欣喜的文字

在屏幕上被一点一点退回
最后消失

美好总是短暂
回忆却是永恒

大佑山：聆听山水之音

刘 巧

迎风。哼唱。我怀抱春风
以鸟鸣、风骨，和之。山道蜿蜒，溪水潺潺——
可微闭双目，与山泉之水
彼此交换修行心得。是的，在大佑山
每一个人都回归到了自然
每一个人都找到了美的归宿
和一草一木成为知己，和一山一水结为知音
光阴如书，素净之手，轻轻翻阅

四季风情的苍山，盛满了人间的
鸟语花香，欢歌笑语
一粒粒汉字，在此集结，用最纯粹的表达
抵达诗境，然后吟咏日和月，轮番在此抒情
石猿、雄狮，守着莲花山，就如同守着心灵上的
一泓清泉。满怀仁爱、良善和芬芳
山野寂静，深谷清幽

从春天出发，至仙境深处

大佑山,盛放古朴与风流
我能看见石头与水花禅悟出的灵感与圣光
那耐读的细节
那眺望的回声
在时光的经卷里,唯有与山水共舞,才能聆听清音

说三元话的黄花槐和红花紫荆

王爱民

说三元话的黄花槐和红花紫荆
说出阳光和春天的味道。水袖一甩
一点点粉，一点点红，被你香透一回回
我也成了三元街头一棵开花的树
和那么多的亲人，一起站成好看的样子

沿河看树，踏路寻花
在遍地黄花槐和红花紫荆的香里
听月光把一把藤椅，一遍遍扫净

花朵落在肩头
像爱你的人，黄花槐和红花紫荆
一天天把三元喊大喊亮
她们在看花人的心里悄悄酿蜜

这广大的香，香满三元
开出青草的味道。她的香很暖，很慢
慢得仿佛一生只够爱一朵

只够爱一座城,像天空爱着大地

拿满树叶子跟我交换盛年,肺叶微颤
一朵黄花槐和红花紫荆扑蝶
一朵云落入眼睛
生活里的一点甜,铺向三千里故乡

花儿开得分外热烈,像我的心跳
映红我们的脸。坐在黄花槐和红花紫荆里
会爱上更多花
一棵棵黄花槐和红花紫荆的三元
小写意席卷十万月亮和芬芳

清清沙溪水,带着你最初的名字
在黄花槐和红花紫荆里慢慢打开
像不朽的诗词被带到远方

格氏栲：鸟鸣

刘 巧

鸟鸣——山更幽。去格氏栲公园的路上
飞翔的鸟儿，和流浪的白云，都被佛祖点化
它们交出内心的灵性之波谦卑、自然
让我一再审视自己的俗世之心

于是，我放慢了脚步，心怀虔诚
尽量把自己的朝拜之心，浓缩成
一滴晨露

向上，向上，顺着山道
一步一步，接近鸟鸣的纯真，接近云朵的——
洁白。山泉水，潺潺有韵
多像佛语。越向上，越清幽

栲林禅院就在目光所及之处
鸟鸣引领我，用一双慧眼，去接近
是的，在格氏栲公园
我第一次感受到了安宁的幸福

让一颗纯净的心
融入群山，融入鸟鸣，融入山音
仿佛是一滴行走的水流经岁月的岩石……

三元印象

叶燕兰

该有龙船调的歌谣,被轧钢的齿颊嚼出味道
该有钢铁的坚硬
锤炼一颗心,使其刚柔并济
更契合一座城
胸怀的境界与追求

钢铁、化纤、新材料、生物医药……
那无中生有的技艺
摸索、把握,是久久为功之硕果
是麒麟山下,以信念扎根
深层土壤的老树
发出理想摇曳的新枝
招来展翅的凤凰
和衔泥安家的燕雀

是春华一步一个脚印,悄悄变为秋实
三钢、三铝
这些闪耀的星工厂,在广袤夜空中集聚

日月精华，又发出
索引漫漫前路的持续光芒
擎着繁华与风雨奔跑的人们
将多年的波澜
浓缩成额头几道，平易而深刻的皱纹
一颦一笑，一转身，足以托住
一枚雄浑的落日
递相授受间，又如指点初升的太阳
将一座城与一个时代相遇相融的轨迹
描画在后浪奔腾的追梦人筋骨舒展的掌纹间

金丝湾

赖书生

蓄积着力量
仿佛力的延续
影子追赶落叶
去压住一声虫鸣
把沉静让给后来者

一株草虽小
却呼应着天空
一条河成为大海的翅膀前
昼夜不息地
练习湍急或平缓

旭日清点山峰
花蕊吞吐风暴
每道转弯背后
有如折扇缓慢舒展
豁然之境的门：被打开

沙县

沙县地理（组诗）

马兆印

沙溪河

写到沙溪，我就停顿一下

先让河水里的青山，两岸的房舍

炊烟，随着晨曦慢慢醒

如果能够陪我一起老，屋后的红豆杉

必将替代我的位置

覆盖老照片里邻居的旧情

一条河流转再多弯

水花终归大海

不像枇杷旁的鱼腥草

固守坐南朝北，在线装书中

翻涌宋词的韵味

李纲远走京城，他的七峰叠翠依旧

瀛洲夕照映着十里平流

将早读声中的兴国寺

洗刷得愈加江南

哪里也不去了，坐在东门大桥上

最后一场秋风抑扬顿挫

初冬如约而至
身边的小城在涟漪中明亮
有棉质的光阴荡漾

杜　　坑

村民喜欢把水稻
种在家门口，让稻花的芬芳
擦洗门窗，篱笆上的丝瓜
映在去年池塘里，高大的祖屋
庇护风水，小女孩有一双
明亮的眼睛，她手指的翘檐
托着蓝天白云
这是游人眼里的青山和绿水
小小的杜坑村
像前世的后花园
过往的每双羽翅都有厚实的巢
拉着五岁女孩的手，教她唱

山外青山啊，楼外楼
她偷笑，跑到屋角羞涩
两只羊角辫跟着手里的小电筒
晃呀晃
点亮杜坑的黑

富口镇

一个人的金黄必须与田野

融为一体,植物的属性

才能在十月繁衍

六十里加急,沿途皆是人间烟火

行走乡村的人,有草本之心

像富口镇的溪水,柔软

流着相拥而泣的爱情

秋风善于低吟,被她抚摸的稻谷

垂首窃喜

准备献祭丰收的粮仓

其实,我也怀揣过折骨之镰

收割比云朵还高的绝望

面对弯腰的亲人,我站在田埂上

用目光抬高他们的背影

将羞耻一刀刀凌迟

直至刮出光芒

红卫伐木场

其实,我们并没有走远

隔着五十年的春天

我们在一个屋檐下听虫声

看雨水在斑驳的老墙涂鸦青草颜色

野果填饱的肠胃里

藏着曾经的美味

还有更多留恋的童趣

比如河坝上戏泳，山林中捅蜂窝

被父母追着打的淘气

湿漉漉，一直鲜活在脑海

那个叫红卫的伐木场

最先教会我们走路的羊肠小径

早已铺满发黄的月光

如果有人喊出幼时的乳名

别回头

秋千架上会摇晃

霜露的体香

淘金山组诗

张盛钏

卧　佛

山横卧在那里
你横卧在那里

你卧在人们的视线里
人们卧在你的心灵里
看一点星光，饮一些流岚
如此而已

听几声晨钟暮鼓
听几声鸟语风声
身子不动，眼睛不动
如此而已

宋　桂

别的树站在一起
你当然与众不同

淘金山卧佛

你的苍老目光

看过大宋的星光

看过明清的风霜

而且，你黄灿灿的花朵

年复一年，香满千年

依旧是精神矍铄的老汉

晴也悠然，雨也悠然

乐也昂然，苦也昂然

铁树群

还没有人知晓你从何处来

也没有人知晓你从何时来

从从容容，葳葳蕤蕤

开花不开花都是山中岁月

唱歌不唱歌都是人间繁华

一丛又一丛

睡着也是站着

站着也是睡着

生生灭灭都是禅意

三叠岩

像一根淘金山的肋骨

冷峻和深沉
自地火中升华
瞬间就是千万年
千万年仅仅是瞬间
冷清的喧哗和轰烈的沉默
只是你胸前裸露的一抹黢黑

像一双淘金山的翅膀
在风呼雨唱中展翅振翮
山脉纷纷坠落深壑
没有深渊已是深渊
轻轻叹息已是霹雳
太阳如一灯盏
照出森林的倒影

邀 月 台

邀的下月亮同饮吗
邀的下月亮共舞吗

一抹月光
便是一盅酒
一抹月光
便是一曲舞

酒罢曲终只是一个台
月落月升只是一个台

风儿踱过那个台
年年长满青苔

玉 女 盆

一个石盆
盛着一段风韵
水清清灵灵
流进去不满不溢
掬起来山光流彩

玉女玉女蝉儿唱
玉女玉女鸟儿鸣
玉女玉女我不曾想起
荷叶上那朵白莲
在水中悄悄开放

俞邦谣（外二首）

江郎子

俞邦，沙县小吃第一村
一个盛产人间真味的地方，这里

有辽阔的乡愁和温暖的烟火
有挥霍不尽的绿意，以及
土生土长的夜色，从瓦窑民宿
沿着采香小径，踏着沙哑的蛙声
且逛，且赏，且尝，且梦幻

带有泥香的小吃，柴一样的价位
贵的是另一种特产——闯劲和胆识

小吃如小弟，俞氏大哥呵护着长大
把他们带到小农经济圈外，打开眼界
而今寻根追味回故里，唱响创业新曲
有的还留在舌尖上的大江南北
"继续引领风骚"

时代季风吹散了郁郁寡欢的尘烟
民间小吃的根，找到了茁壮的缝隙

"面条似钢筋，扁肉如砖头"
这些都是振兴乡村的优质建材呵
用双手搬砖，用汗水拌砼，用眼光拉筋
在农谚深处，他们筑垒了
一栋栋属于自己的醉后江山

茶坪，长在石头间的村落

传说罗永赶石途中舍事伺母
茶坪村的石头，便有了温存的人性
房前屋后，堆满享之不绝的石品
如蒸饼，每一块都是新鲜出炉
如馒头，每一个都有诱涎的乡土味

"航母石"，像是在山头举行军演
山鹰如舰载机，巡航着一亩三分领空
"击鼓石"，声音浑厚悠远，擂得

松柏心慌，炊烟飘散
是谁布下石头阵，与贫困打了一辈子仗
又是谁夺回石头间的村庄，从此
有了千亩松涛，万顷鸟鸣

石缝流出一脉清泉,养育满坡翠绿
石缝里长出的野茶,泡出石头清香
茶坪是灵魂的最佳宜居地
真想,在石头之下安放自己

琅口饭汤

一清二白的饭汤
喝着喝着,我就渐渐地长大了
记得,与闹饥荒的家猪
摆开架势,争夺仅有的一瓢

家里,时常煮上一大钵头
加了一些虾米、笋丝、葱花

吃着吃着,一股特浓的香味嗑到了牙
那是,母亲错把乡愁当味精

前些年,他进了城
进驻味道熟悉的餐馆
如果你碰上了,请给他打个招呼
我们都是老乡,都是下脚料——
他是米饭的,我是故乡的

沙县小吃：把个闽字嚼得沙沙响

王爱民

沙县在一口铁锅里煮着炖着
三明口音异常鲜亮
跟着红红的牌匾迈进门槛
一滴眼泪情不自禁从眼角滑落
滴向了故乡

遍布世界的小吃，是医治乡愁的秘方
安慰匆匆忙忙的脚步和空虚的胃
思乡的味蕾，一遍遍被风吹瘦
炊烟的手，扯住游子的衣袖

沙溪河灌溉着的民间美味
倒映着虬城的月色。卤蛋是颗太阳
馄饨入水，蒸饺上锅
拌面牵手炖罐上桌
像蜜蜂搬运来的春天

一部小吃词典，一份美食菜谱
把个闽字，把个沙县
在世界各地嚼得沙沙响

肩膀戏

卢 辉

把舞台搬到肩膀上,方寸之地
脚板,指尖
震天的锣鼓,这个舞台
好像是铁打的

一出戏,又一出戏
一波又一波的小孩:戏装,道具
一律跟着大戏走,跟着
肩膀走,走东又走西
太阳不落幕

一年又一年,跟着沙县飘香
跟着小吃同步
从来不躲在大幕里
你方唱罢我登台
肩膀就是小孩驰骋的江山

虬城灯火

谁持彩练肩上舞
到了四方宾朋围住大戏小戏
锣鼓天上来
小孩肩上走

罗从彦
江郎子

从李纲路穿过南宋,便是
幽深,悠长的罗家巷
那年,正月十五
一颗"文星堕怀",罗家添丁
似天灯,辉映虬城街头

这位"美而彦"的少年,叫从彦
这位"璧洁而素"的小伙子,又叫仲素
13岁就读城东,60岁中特科取进士
一生追随杨时,苦研河洛理学
洞天岩,罗浮山,冠豸山
建室传理,默坐澄心,奥学清节
堪称罗子,祀于孔庙
胜似耀眼之星,悬挂西门外

闽学因其贤,四柱鼎立
豫章贤祠因其慧,世人仰止

大洲古渡
马兆印

大樟树下，纳凉人
并不在意游船停泊的位置
他们身上的阳光，斑斓
像沙溪涟漪，自由地让风吹

再往上游，太阳岛被电站淹没
凌波飞渡的僧人
早已化身一尊卧佛
宣和二年，李纲在淘金山上
用毛笔点缀七峰叠翠
瀛洲夕照将十里平流推至大洲
村民投桃报李
用一碗水酒，三两枝野花
诗文祭拜古渡

站在大洲古渡，纳凉人
渐渐向一棵树靠拢
他们的生活开始以水的方式

源远流长,滋润万物
风侧身,古渡宽阔
游船可以渡灯火
也可以渡岸上落花人

水美古堡（外一首）

杨铜平

到土堡
仿佛是赴一个千年的约会
年轮穿过八千里路云和月
抵达恍如轻纱的水美
寻土墙围起的沧海桑田

这个叫水美的村庄
三座土堡一百多间木屋
比名字更令人向往
徽派的马头墙上，有梦
在茎脉里生长
路边新开的桃花，一两株
青瓦苔痕间，留下了一点红
像那个白衣少女围脖上的心事
挂在枝头，慢慢地开

雨落落停停
梁兄和阳光一样时隐时现

不见蝴蝶来

土堡里有比《梁祝》更美的故事

不仅比翼双飞,还从屋顶的炊烟中

袅袅飘出来

其实土堡不仅用土筑

更多的是木屋,还有石头

我更愿意称它为古堡

圆形的墙,可以防御外敌入侵

但更像一种纯净古老的坚守

恰如当年它的主人,用土和石

让善良和纯朴在这里扎根

龙峰溪漂流

这里的空气很静

很慢很轻

水柔软,有骨

跌落的浪花

会开在你心里

足够清凉足够温暖

来这里的人

再也无法跳出世外桃源

我的愿望当然是：人往高处
手握一滴水
想着你的家

鸟儿偶尔一两声
月光就升起来了
漂吧，漂吧
顺流而下，发现
人的一生，都在河流上……

中关村科技园（外一首）

龙小龙

当概念化的信息从书本上移植到现实
你曾经想象到的物件
你曾经双手空空进入的虚拟场景
竟然真切地存在于此：生态新城

当一座城市
装上5G时代的芯片和配套元件
一个人就可以在喧闹中寻求超级的宁静
在宁静中摘取到想要的唏嘘与喧哗
被无所不在的Wi-Fi包裹
你跟过去与未来，纵有千丝万缕的瓜葛
都能够理清楚、想明白
古今交错，路归路，桥归桥
眼前的繁华尘世，理想的诗歌与远方
大数据、云计算为你精准服务
不差分毫的结果

前世今生囊括在系统的模块里,随时提取
人工智能管家的参考决策
这一切,多么稔熟而又多么陌生呀
新名词嫁接在古老的工业树上
绽放出绿色的新芽

一面是生态新城
一面是产业化文明进程中的三明
打卡新时代的中关村科技园
三明红了,三明火了,三明帅气靓丽了

以沙县为圆点,画一幅现代主义的宏图

风一吹,发黄的管道就绿了
风一吹,起伏坎坷的板材就平坦宽阔了
很多不可能的等式就这样成立
设想的幻听就这样实现了
以沙县为圆点,画一幅现代主义的宏图
东依福州,西毗南昌
南邻泉州,北傍南平
白云是天空翅膀上的点缀
翅膀下面是沙溪,沙溪托举蔚蓝色的梦
梦里是关于高质量发展的温度
或者关于一座小城苦干实干之后

毫无悬念地腾飞
消减了古老和沉重之老气横秋
平添了新时代的自由与轻灵
——诚然，鸟瞰虬城
更多的是惊喜和振奋
仿佛，炙热的火焰或电流
将偌大的小吃城勾勒出
五色缤纷的光芒
南国时空赋予了崭新而前卫的中国特色

虬城，我轻轻爱着

李若兰　黄　晨

一

时间使她丰满
她穿过一个个日夜
翻出豫章先生讲学的身影
李纲与定光佛的奇遇
特支燃起的星星之火
沙县小吃的前世今生
肩膀上，飞出戏曲唱腔
还有微不可查的擦痕

如果十年是一个章节
她已是一部文学巨著
时代正催着她，亮出新的华章

二

沙溪河，自东缓缓而来，约出月亮
向西偏北而去，勾住了夕阳

如镜的水面,日月齐辉

亮出一截柔美恬静的黄昏

一段不愿被打扰的悠然时光

枝柳垂岸,拾起文人骚客未能偶得的佳句

绿道走廊,树影婆娑

我清晰看见风寻找的痕迹

看见尘世,一个人的孤旅

对面的小吃街,飘来阵阵香气

八方的客人,点着各自喜爱的各款小吃

嘱咐添加花生酱佐料,像久别的人

我不知道,喧哗与独处

竟会是如此相得益彰

我轻轻爱着

永安

燕　江
蔡其矫

薄雾的早晨
小小竹排站着鱼鹰
你是多么沉静

大雨滂沱中
江上勇敢的艄排人
飞般在浅滩暗礁中穿行
你是多么凶猛

月光下
一点两点的渔火
朦胧中好似凉夜流萤
你又是多么清冷

美丽而贫穷的燕江啊
山间走过多少起义的人马
岸边留下多少情人的脚印

勇敢又热情的燕江啊
万山丛中两条水
汇成一股江流
走过千年坎坷的路程

多难而光明的燕江啊
众多的桥和众多的电站
正烘托着如花似锦的
新山城

桃 源 洞
黄莱笙

桃源洞呵桃源洞
踏遍桃源何处可寻洞

漫野桃林春来便羞涩
一涧绿水四季皆销魂
横空峭壁
有如飞檐庇护着惊吓的梦乡
幽谷鹰啼
令迷蒙的思念豁然开朗

桃源本无洞
祈祷一多心中就有了洞
洞开心扉
快活之时便是桃源
洞开情怀
天涯何处不桃源

呀
越是风景就越有心事
越是美丽就越能弄人

风把枝头吹醒

林秀美

拾级而上
橙色阳光镀亮的小径
愈走愈窄
风把所有的枝头吹醒
桃源洞依然
没有桃花盛开
所有心事
已悄悄装进
千丈苍苔

无言的藤蔓绕在高处
无言的桃花开在心口
昨日的桃源在何处断裂
断裂成世纪之缝
一生
一生只容一个人走过

桃源洞一线天癸卯新在卅

巴溪湾上的灯火（组诗）

赖 微

一切的声音，一切的流水都有真意

你在草木间行走，陈叶从树上落下
一片片的黄，一片片地在阳光下飞舞
像昨日的诗篇

炮仗花总是选择这种时候
悬挂的花藤里裹着累累的念想
一阵春风拂过
一串串的热烈，在无声中绽放

樱桃树上也绽满了朵朵红云
在这个立春时节，你的视线
被一个空巢牵引
昨天的鸟儿已经飞走
你在树下徘徊

远处有啁啾的鸟声一阵阵传来
你看见经霜的辣蓼也已开花

河水有轻轻的涟漪颤动
一只白鹭,在水中沉思

一切的声音,一切的流水,都带有真意
你看见一只蛱蝶从草丛中飞起
你用目光送它摇摇晃晃地飞过河岸
你知道度过这个冬天,它是多么不易

风吹过,你遇到了失散多年的自己

风吹过,那些紧裹的竹衣已经飘落
被风圈起的涟漪,在你的视线里摇动
那些白色的小船,在波光里行走
开蓝色花的狮头草,在二月的田边看你
一只刚结束蛰伏时光的蜥蜴
在一丛枯草上晒太阳

田里的农人在岸边锄草。泥土的声响
草根的声响,一下一下,被锋利的时光切断
微风中,簌簌的锄头的颤音
让内河草地上的午后
更加安静。蜜蜂与蝴蝶与蚊蚋
都相遇在这个春天里了。多像你
在河边遇到了熟悉掌故的兄弟

风带着烧荒的气息，吹过那片林子的时候
云也飘过了这片天空
你要涉水过河，你要席地而坐
全由你自己。在这个遗忘多年的季节
你终于，遇到了失散多年的自己

今晚的河岸冷静，夜风清凉

坐在雷雨后，坐在潮湿的河滩上
暗暗的河水
从波光下流过。青草也藏起了它
白昼的容颜

蛙声此起彼伏，水芹菜已经开花
它们用朴素的真诚
迎接正在到来的季节。你知道
昨天的来路已经不能回去
翻过那道栅栏，才能抵达
真正的夏天。现在

你来到岸边，青草簇拥着你
摇铃在竿梢上打禅。星空寂寂
你给无边的夜色，点了一个赞
也给安静的自己

此时,夜色已经领着你
往夏天的深处走去。天空更加深邃
嘈杂的人声
一盏一盏
熄灭。你感觉得到,雷雨滤过的南风
有阵阵清凉

这个冬日的下午温暖而短暂

岸边河滩上的这些菜蔬,绿得深情
勤劳的人,借一面阳光
把它照亮。明天就是大雪了
这个冬日的下午
温暖而短暂

许多事情就是这样悄悄地来,悄悄地走
不经意间遇见的一些事物
一如河滩上那些被阳光普照的植物
有颤颤的微笑
有暗暗的欢喜

河水一波一波从面前缓缓流过
渐至的暮色加深了它的容颜
顺流而下的水浮莲也有偶然的回望

它的表情里仿佛藏有
对流年的不屑

垦荒的人已经走远
他长长的背影落在堤岸的右边
他的左边是成堆的荒草，是新耨的
它们在风中等待燃烧

穿过草籽落下的土地

你看见一只蛾子飞进飞出
你没有听见它翕动的呼吸
你看见一群山雀，在坡上晒着太阳
它们沿着昨天飞来
它们又沿着昨天飞去。天空下
一串串，是它们留下的叫声

你说起了羽毛枫，说起了酸枣树
立冬刚过，它们都已有了新的容颜
穿过草籽落下的土地
你淡淡的目光
穿过冷，穿过
众生俯拾的感觉

你说起一炷香,说起
无法延续的缭绕,说起
落日收不住的西沉
你将案前的双手收拢
让一壶茶,一缕轻烟
随风飘散,在这个短暂的
冬日的午后

许多年后,你经过了那片坡地
那些清脆的鸟声已然开花
麦草绿绿地覆盖了阳光下的土地
你看见一只蛾子飞进飞出
它翕动的呼吸
你不会听见

永安（组诗）

关 子

三月三

溱河和洧河太远。就到青水河吧
在桥上，看水中倒影
看流水向春日流淌，带着落花，无所事事
传说中的盛事已经开始
误会就此铺开
以为，从来就不曾离开这样的春日
蛾子把灯火当作一生的火焰
扑窗的蛾子被当作蝴蝶，细细端详
这一切写进诗里
回头望一望啊
咏而归
春风微起，碎石扔进了水中

"听说青水桥边的油菜花开得正旺。"
"不如，我们一起去看看。"

仙 峰 岭

手背刮竹子留下的伤口,慢慢愈合
好久都没有再想过的事
我是如何如何,迷恋树上的生活
消退的疤痕
如果说得清楚,仙峰岭就不再是座真实的山
从一堆竹子里,找出有异形的一个
打磨笔筒,与伤口愈合一样
都是迫不及待的事
竹叶婆娑。随处可见的天青与山青色里
贴紧滑溜溜的竹子
在山脊上走着,山前,山后
有异形的竹子大多在没有打整的那一面
成片地出现
再迟一些,我就会看到
想起那个空空荡荡的书桌,会不会它也在等着
已经过了那么久
我始终都没有找到中意的竹子

永　　安

在永安的人
语调轻柔,带着一丝拖曳的尾音,说起

夏天巴溪河
冬天九龙竹海

夏有凉风，冬有雪
宁静而美好

永安，永安，永安
多念叨几遍

煨豆腐，粿条，猪头肉，煎米冻
热气升腾

不是长安，不是西安
但也是个足够好的地方

欢喜慢慢来
有人写了诗，有人谱了曲

夜深蓝。有人唱起：
"沙溪水缓缓流，永安郊外十分秋。"

说起永安

竹青笋白。暂住的，长居于此的人
再次回到永安

猪头肉，鸭肠，鸭血
黄椒剁碎了，堆在乌黑的酱油水里

青绿的香葱
撒在猪油白的粿条上

铁锅里，大骨头熬制的汤，热气蒸腾
稀释了返乡的恍惚和苍白

气　　味

汽车排出的尾气
街上漂浮着闹市油腻的气味
慢慢淡了
入秋了
在白天，感觉不到凉意
开始有植物的气味
有时木姜子，有时野山樱
更多的是混杂在一起

说不出的气味

想到山桐子，想到红木蜜蜡的香

盘山路绕过了竹海

成片青绿

松树从两侧递来清凉如水

冷冽之味啊

而再往上

那想象中的气味

无尽辽阔与纯净

在云层之上，多么安静

吉山行（组诗）

辛 也

萃　园

萃园还是那座萃园
只是城府越来越深了一些

其实，每次不同的角度
它，都泄露出不一样的天机

比如，今天
我只关心这片荷塘

坐卧在荷池里的小神龟
正在咀嚼着几百年的书声

榕　树

两百多岁的榕树
盘根错节

他和吉山
始终纠缠不休

他植身河边
守卫在浮桥头

巨大的树冠
一直庇护着吉山人

六 角 楼

我从来没有走进过上吉山
当然，我也不会知道她的味道

沿着河边栈道漫步
风景里都是五线谱抖落的声响

我惊讶于眼前的这座六角楼
据说是当时音专艺术家的住所

我想：这个螃蟹状的楼房有两道弯曲的围墙
是不是要阻挡，一些人的陈词滥调

安砂红军渡口

芦 忠

那是公元1934年的夏,并非非常非常的远
但我还没有出生,我的爸爸妈妈也一样
我的爷爷奶奶,嗯,他们那时都还小着
九龙溪穿空而下,水花沸腾
如雪
三五个年轻人背着纤绳,从岸的西泅到东
长长的长尾松横过溪面
安砂的街道空无一人,人们涌到码头
商铺老板把店门板都卸下,钉在水面
溪水顿然安静

五角星,八角帽,灰军装,红领章
一支队伍走了三天两夜
从岸的西到岸的东
又走了两夜三天,从东的岸到西的岸
这一切
慈祥的老榕树都看见了
它端坐渡口,200多岁了

梦回贡川

聂书专

依偎明代城墙
看龙舟如梭
像是编织梦想
锦绣贡川

走过会清桥
赏花灯明月
看胡贡溪汇入沙溪
更像是一种拥抱的力量

来到进士巷
经过正顺庙
去品甘甜的古井水
城堡式古镇民居
让我找回乡愁的记忆

我尝过贡川的笋干
梦过贡川的草席

我在泰山石敢当处转弯
去寻找陈李姜张聂的祠堂

多少芳香的姓氏在这里生根发芽枝繁叶茂
多少离乡的游子千回百转梦回贡川
因为贡川
更像是刚刚翻洗过的项链
镶嵌着许多明珠熠熠闪光

杨表正：古琴曲

邱　天

抑扬的音符，该是高山流水
滴落古典的伤感，情愫
叮咚，那些平仄，水一般奔放
滴滴穿透史册。多少遗韵
胡贡溪扬起的声波
让明代城墙，透明了心事

几许波光横过，晶莹的风
流淌，古琴弦，一双瘦弱的手
寻觅爱情，无法牵走的思念
弦上的纤指，追忆永恒
掌纹，几条经纬延伸
那支曲，几竿青竹诠释清贫

颤动的红唇，歌能在上面走吗
先生，爱情在于你
有些羞涩，抚琴的指是暖的
弦上的花儿开了，你寻到了春天

寻到了山瀑的真谛
曲中清澈那潭泉,汲取至今

石 林

高珍华

远古的一次裂变

留下些许

残缺的美

轰然的静谧中

<u>丛丛瘦影</u>

斜向夕阳

倚问霜天

以一种超脱的情思

奔腾的意象

凭烟雾看海

凭远瀑寻山

明溪

滴水的回声
——谨以此诗献给我的家乡明溪

林秀美

一

那块巨大的石头
仿佛是
踩住游荡的时间和滚落的山峰
多少流水才能冲刷出一个岩洞的宽大
多少风雨才能丈量归化到明溪的距离
辽阔的记忆
只是石头上一层薄薄的青苔
试着去给一块石头命名
滴水岩没有什么
能比流水更古老

二

徐霞客的脚印还停留在岩洞里
杨时的身影已在理学祠堂中定格
陈有定将元朝的大旗

牢牢地插入石缝

呼啦啦的响声

没过滴答的水声

闭上眼睛

谁能听见风吹大旗的掌声

时间的巨石

从一块石头凹陷

多年以后

另一面红色大旗哗啦啦地响过

阳光寂然了沿途醒目的标语

标记着一个时代的艰辛

走在路上的人都忍住了泪水

注定这块石头要在艰难中读出跌宕

注定这块石头要在流水里见证奇迹

在石头里安营扎寨

在石头边开荒种地

在石头上种树结果

当我的家乡

以明溪的名字命名

时间的光芒

从一块巨石漫漶开

共和国苏区县的名单里

从不曾遗忘

三

和一块石头相比

谁是匆匆的过客

和一条溪水相比

谁在永久地驻足

斑斓的青苔织出石头的华彩

一刻不息这时光的雕镂

时时散发着风雨的清香和

绵延的心动

流水无言在滴水的时光里

我遇见了远涉苍茫的巨石驮载着的

激动的目光

意大利法国匈牙利

这些只是游走的章节

时光忽明忽暗

生活给予了我家乡以俯视的时光

这时光在欧洲被热爱

在滴水的起伏里

在明溪重新被点燃

壮阔的山河

一片又一片

四

一切都在时间里对峙

水中的石头

石头里的水流

滴水声里的光

一切都轻轻地发出内心的微笑

路过一生

一条小河庆幸清澈

一块石头庆幸坚定

作为石头我知道

有时必须静下来

有时必须离开

而后行走

路在心中　路在远方

无论多远我们恰好都能听见

那一滴水

滴落的回声

南山，悠然（外一首）

曾春根

一

南山，明溪人称狮子洞
是谁把五千年前的事物从此翻出
连同那些炭化的谷粒
那些破破碎碎的土陶器
狩猎的踪影，初习农耕的秘密
阔叶遮体，树皮裹身的羞愧
深埋地下的基因图谱……

二

从"滴水岩"向东南穿越
大富村与坪埠村等几个村庄的农田
这是古人从"剪刀塝"狩猎归家的路线
五千年前穿林海，绕溪涧
躬爬腾跃，从星光到晨光抵达南山
昨日，我从东方军路折拐坪埠大道
驱车，只耗时一个半钟光景

三

这是一座神秘的山
不必以寿命和它比短长
也无须用巍峨与其论奇观
你看神似静卧的雄狮多威武
对面伸向狮头的象鼻有多浪漫
人说"狮象交涯",我说狮象正在和谈
当我动笔写下这座山的时候
一群古人跳出了岩洞
拽着我的秃笔,领我上山指认
他们从洞穴蜗居到旷野生活
你看他们的蓄水池、柱洞、灰坑
以及后来消失的"文峰塔"……

四

据说遗址文化馆即将兴建
纵横历史、融贯古今的声光电
集考古、科研、教育、体验
旅游观光等多位一体的院落呈现
南山不再神秘,却新添了神奇
威武的雄狮更加威武
温柔的象鼻,更胜似象鼻

五

折返,沿着鱼塘溪逆流而上
一公里半的距离,就是欧侨广场
如若向晚,劝君脚步暂缓
漫步欧洲进口商品贸易一条街
品一品意大利圣圭托酒庄的红酒
微醺,来一杯地道的冰镇卡布奇诺
一曲《情在多瑙河》在心中激荡
仰望明溪夜空,明月如镜
不远处,侨乡体育馆灯火辉煌
南山,明溪人的南山
在小城的一隅悠然

滴水岩的风与水

一

洞顶那处细细的石缝
传说远古落下的是稻米
灾荒之年足够周边农人饱腹
贪婪者欲抠开石缝豪取
顿时米止水出,滴水至今

穿不穿石,不再深究
成不成河流,早有定论
应运而生的那座滴水村落
倾听滴水的回响,讲述明溪故事
从此,深山藏诗人
密林长诗歌

二

"来风洞"并非自生凉风
心躁则热,心静自然凉
有些风可以拂起你长发飘飘
有些风则会令人汗毛竖立
来风洞的风是明溪的风
侧立于此,便能气定神闲
明溪人,云游四海依然回归
我喜欢这里的风清气正

三

那块描红的石牌
彪炳着"红军战地医院旧址"
萦绕在松林里的"十送红军"
曲径通幽后,绕上人民英雄纪念碑

肃穆碑前，漫步英烈长廊
崇敬，豪迈，油然心生
这，徐霞客当年到此不曾想
而我辈，前辈初心不能忘……

四

倚栏"天柱亭"
不必攀爬天柱而登高远望
当你颔首辨明摩崖石刻
不必一一道来
无论五百年还是一千年
凿痕深深浅浅
无非寓意奇观妙景
当你拾级岩顶的小石径
伫立"望月亭"，不需问明月
你侧耳静闻松涛阵阵鸟唱风吟
洞里洞外，岭上阶前
我还是喜欢晶莹的滴水声
喜欢剔透的长流水……

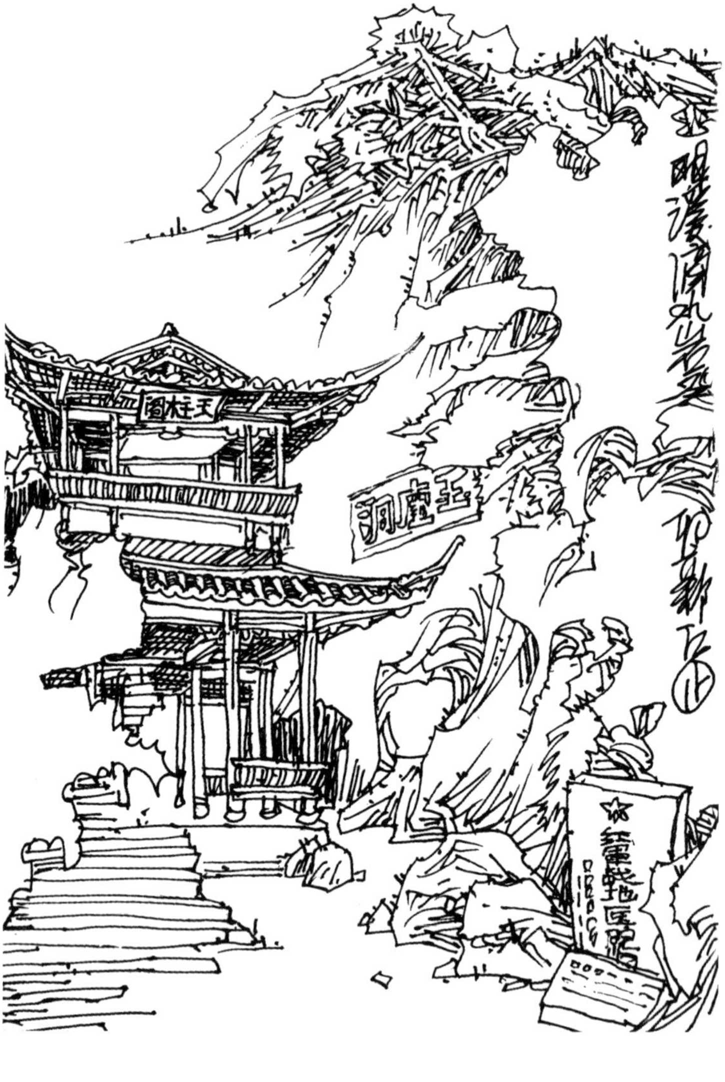
天柱阁
玉虚洞

明溪蓝宝石

林国鹏

为了更好地表达，明溪宝石
早已在一本地方志的扉页里探出头
就像我说不出的话，被风吹出
是的，在物华天宝、人杰地灵的
明溪，其实就在一块美玉的内心行走
滑嫩，温暖，弥漫着爱和光芒
我承认，用思想打磨过的石头
铺成的路一定长着翅膀，它教会了
每一个美好日子都懂得飞翔

是谁，对着一块刚出土的蓝宝石
调试着内心的月色，用滤过沧桑的心情
稀释一个不眠之夜。在明溪
我有读不完的百代千朝，阅不尽的今古世间
微风轻拂，在时光深处隐喻的
每一件石器、陶器、玉器……
都会重新获得引力

蓝宝石,一个深藏的迷宫
是那肃穆与幽深的地壳活动
构成了无法破解的谜题
你看在一块美玉的光明里
拒绝发声的晶莹,关着一段
透明的传说。是啊
把美养在体内,自身就是光源
那就让发光的石头成为灯盏,照亮一些
走进眼睛里的风景

我承认,在明溪
是美玉净化了我的诗句。你看每一颗
浑圆如胆的宝石,都是爱的结晶
每一双摸过玉石的手,都是用光做的
是的,时光是个高明的工匠
它让破败的事物,留下了生命的火种与寓言
其实我多想住进一块玉器
这盛满幸福的容器,一定会让久旱的心灵
接受灌洗

春天淹没在洋龙花海

枫　笛

一帖帖油画展现
黄澄澄花海欢呼雀跃
画框太小装不下绿叶的深沉
笑语推波助澜涌上春的堤岸

是那只去年的蜜蜂吗
嗡嗡一声惊动偷拍的游人
蝴蝶岂能错过这个曼妙的舞台
羽翼装扮的花瓣
炫亮了田埂上的乡村

远方飘来青稞香甜
农人年年把收获捣熟
不待布谷催耕
油菜已结成荚等待下一个春天

滴水的传说

王秀萍

每一次的邂逅,都让我驻足仰望
是怎样的桑田沧海
风,从远古吹来
水,从岩上滴下

石笋犬牙交错
静静在时光里流淌
棋盘石对弈的故人早已隐去
摩崖石刻在风雨里打磨熠熠生辉
振衣亭里,遥看峭壁上红梅
怒放,年复一年

山还是山,水还是水,石还是石
滴水的故事还在传说

紫云观鸟记

徐晓红

水雾从林间升起
隔着清风和绿叶
黄腹角雉斯文地踱着步
刚烈的白颈长尾雉携儿带女
敦厚的黄腹角雉四处飞散

一只鸟,如旋风腾空跃起
我仿佛看到翅膀划过空气
白鹇雪白的长尾巴
留下一道白色的光

林间山水
灰胸竹鸡夫妻俩正在说悄悄话
笛笛笛,笛竹哦笛竹哦
满满的,就像是世外桃源
我也会很爱

在旦上,我沿着红军路一个人突进

林急闽

这是旦上抬头就能看见太阳的村庄
清晨的一个序曲

三月的雪还未融化　雪覆盖着
雪冰冷而热血
这是归化战役
比风更速急的是军号召集令
比铜铁岭更硬的是红军战士的脊骨
比战壕更深的是弹孔
此刻呼啸的子弹正穿过身体
也许你会倒下成为山中一块石头
也许你会流血渗透脚下土地
滋养了满山杜鹃盛开
献给掩映在青松翠柏中的
纪念碑像一本翻开的史书
叙述战争中年轻战士仰望
天空一朵飘泊的云
那是追逐的梦

在这里我仿佛触摸到碑中的灵魂，顽强又柔软

在旦上我沿着红军路一个人突进射击投掷
硝烟予我勇气　生与死让骨头变得更
坚硬　让灵魂得以升华
这是旦上离阳光最近的九莲山
恍惚中走过了百年时光
坐在村头红豆树下细数你脸上的
光斑　幸福而安详

在秋天这些土生土长的草木虫鱼都是我的肉身
我在夜里吐纳月华
在黎明绽放光芒

不可忘却的旧年华
一段沉浮的悲歌慷慨
一段嘹亮的号角激昂
前进，前进，前进
不愿做奴隶的人们
向着胜利勇敢前进

那条流过常坪村的小河

赖 微

沿着曲曲折折的峡谷行走
它在俯伏的草木和阳光里头悠游
龙栖山的瀑布,抑或君子峰的涓流
是它的郡望,还是它的始祖
你打马从湾内而来,心中想着一朵
白莲。而常坪的秋天
已经深了。它用两岸的稻谷,用
低矮的门楣和卵石的沧桑,迎你
迎你于溪边,迎你于陌上
迎你于驿道旁曾经的熙熙攘攘

来一碗常坪豆腐吧,还有兜汤,还有
热热的上坑水酒。两百米的古街
六十几家商铺曾经的繁华
尽可以留给你去细细遐想
还有石头屋瓦的古庙,还有
明溪第一峰上,三十八尊石佛神奇的传说
常坪村的河水,流过了莘拨驻足的水湄

流过了千年锥栗树静静的呼吸

贞观年间的香火,依然在晒旧的天空下缭绕
你终于相信,那些不愿被流走的砂石
一定在时光深处藏有宝藏
虽然你的匆匆一瞥
未及看清它们全部的容颜

红豆相思,逐梦归化

寒江雪

    一片废墟可以建成一座工厂
    不懈的追求可以构建完美的精神乐园
    几片叶子几节根茎复活了整座森林
    三位年轻的林业人筚路蓝缕
    在小城的南山一隅书写着故事传奇
    一位专家凝视一片叶子
    从中年壮志至耄耋的永恒坚持

    就是一棵挂满相思的树
    一双科技之手抚遍了根茎叶花果实
    千百次的失败,无数日夜煎熬
    费尽心思,让它从森林回归田野
    令它从慢条斯理至速生成材

    三位年轻人谋划树立
    南方红豆杉制药的彩色旗帜
    飘扬在北极点
    惠及无数患者的新药

从如雪结晶的千回百转中萃取
创新科技，独特的经营管理
在世界同行中独占了鳌头

老专家与年轻企业家的对话
林农与山岭与原野的对垒
日渐富裕丰盈的日子里
化干戈为玉帛，开怀舒眉之间
增加效益提高效能，业绩蒸蒸日上
吸引了一拨又一拨返乡人

明溪革命纪念园

方　了

一切阴霾正被春风驱散
竹林在长坡上迅猛生长
春雨来过几回，草也葳蕤

看夕阳在枝头调色
晚霞倚着山冈微醺
此刻风抚烈士陵园
和游人正讲着战斗的故事

就等鸟鸣沉默吧
山岩里珍藏着岁月的重
后人把它刻在碑额之上
火红的字跃然眼前
那是纷飞的战火
那是燎原的星火
那是亿万同胞
最深切的缅怀

清流

清流：红色记忆（组诗）

巫仕钰

1930年1月，林畲

一支队伍走来，穿过硝烟
行进在连绵茂密的森林里，行进在夜色中
不用带火把，因为他们怀揣火种，红色的火种
丛生的荆棘，崎岖的山路，湿滑的青苔
皆倒伏在铿锵的脚步声里

一支队伍走来，落脚在崇山峻岭的小盆地
——林畲，宁清归的枢纽
夜已深，住在"诒燕第"的伟岸身影
望着窗外，望着寒夜的星星
谋划今日向何方，已看到红旗像星星之火
燎原武夷山下，燎原整个大地

一支队伍走来，帮耕帮种，救治病人
开大会，写标语，似一股暖流
涌动在寒冬的田野，在街市、学校、农舍
仁寿寺的蜡梅开了，开在喜鹊的话语里

开在穷人的眉梢,就连村口掉光叶子的枫树
也涌动着发芽的念头

东岳庙的记忆
——李坊农民暴动侧记

在记忆里,有些时光
是洋坊河的水,流走了
就不再回来,有些会留下
像犁铧越磨越亮

那是1930年深秋的一个夜晚
以月亮为号,四周的大刀、长矛、锄头、土铳
齐集庙堂。几日不见的私塾先生
从怀中掏出一面红旗——
"李坊乡苏维埃政府"几个大字,像闪电
擦亮了夜空,像一支支火把
点燃了昏睡的心,直抵地主大院

那是个激荡的夜晚,不眠的夜晚
东岳庙边上的乌桕树,也看到了这一切
缴枪支,烧田契,分稻谷
地主昔日的威风,飘落成了满地的落叶

燃烧的岁月,渐渐淡去
有些人走出了庙宇,再也没有回来
但他们的身影,像大刀、长矛上的红缨
鲜活如初

走进长校红34师101团部旧址

"等我回来",犹在耳边
为了这句诺言,你坚守近百年
那把点燃的松光,早已走远
带走了马刀,带走了熟悉的脚步声
带走了闽西儿郎的果敢

你孕育了101团,孕育了
不灭的灯火,照彻在湘江边上
青苔在墙角,反刍时光
反刍一双双略带血丝的眼睛

走进你,就是走进一部章回小说
每条标语,每幅漫画,都是一个章节
"中国共产党十大政纲",是最精彩的序言
"打倒土豪分田地""活抓马贤康枪毙"
"猛烈扩大红军1百万",等等
及雾阁、马屋伏击战

让人击掌,让人荡气回肠

此刻,天空正在下雨
不知湘江岸边,是否也在下雨
一滴,又一滴,跳入天井
这是远征的将士,从湘江边上赶来
再次返回驻地

谢地（组诗）
陈小三

下山，秋日独上城郊东华山

应该下山了
不然这条小路就要被暮色掩住了

一枚松果躺在干净的水泥路上
南方的秋天
松针还那么翠绿那么柔软
但暮色仍不免寒凉
风吹着单衣皮肤一阵阵发痒

路边的蒺藜、野茶籽树和狗尾巴草
还有一片蓝色的小花（怎么以前没有见过呢）
很蓝，像湖水；上下两瓣，像一只眼睛
有一阵子让你觉得快乐和安宁

还可以看见细细的风
在面前的这枚松果上盘旋

远远传来山上的钟声

和山下进城车辆的引擎

哦,它们分别像那枚松果,多么轻盈

像一颗心,怦怦跳

谢地省

有时,我想起谢地,就像是指认一个省。

或者是这样:

西藏在山顶,

我往下指,谢地是整个山下。

在清流的平安生活

十二点我经过西坪街

西坪街,过境公路。转弯一个酒店

一杯苦啤酒遗忘在桌上

人在门外打桌球

在下弦月和悬挂树上的电灯下

他弯腰,瞄准,握紧球杆

给白球重重一击。白球击中另一个球:

声音传过来。秋天来了

我竖起衣领,想起母亲

母亲已逝,我在县城工作七年了
母亲,我成了一个衣袋装烟的男人了
白天夜里我吸很多的烟
我不再是一个健康的自然之子了
丢失了童年的大眼睛,手和脚的力气
在村头村尾像头牛犊

母亲啊!秋天来了,我是怎样错过
在您生前结婚成家的呢?
再经过一个红灯笼就到我的单身宿舍了
生活啊!这个名词是主语还是宾语呢?

清 福 寺

两个或三个
隔壁县的女子
据说因为婚姻问题或者命不好
来这里出家
披上青色的僧衣
疙疙瘩瘩地念着经文
用普通话
我猜她们不晓得经文的意思
但这又有什么关系
她们住在半山腰
她们主持山下的县城

登大丰山

上官灿亮

要是不知道大丰山有多宽
我就知道自己有多窄
我的登临不为排除体内的火气
也不为追寻棋盘峰那枚丢失的棋子
众山如同大畜扒压着
千年前修道的欧阳真人
早已离开了顺真观
只是不知道如今羽化于
哪一叶草尖，哪一丛芦苇
你看到了吗？那山顶的日出浑圆
日落也同样浑圆
传说里圈牛的石头
依旧顽固，羊肠小道却挤满了
活着的人，历经了尘世的扫描
他们多半揣着各自的香火
有备而来
瞧他们执着于上升的石阶
多像繁华人间的一件衣服在上升

又空洞,又陈旧
既然迎客松的高低已注定
那么放下香火和体重,让屈膝的命运
再苍茫一些又何妨

姚家山的樱花红了（外二首）

李新旺

三月的门户大开
一大朵一大朵樱花开在姚家山
方圆二千亩丘原都红遍了
芳香触手可及
而他从没像今天这样沉着
尽管知道她要来
从八百里之外的都市喧嚣中

他决定，给她发去消息
像久愈未合的时光的裂隙
他庆幸，离花落仍有一段距离
她将从这儿带走春天的霞帔
那是山里最轻盈的风姿
他想说，某些旧梦已经无法复原
落花亦自有归处

石下听泉

霜降路上
仙女峰下的泉又瘦了些许
水藏不深
我曾在这埋过一把古琴

此时栈桥上铺着月光
石在泉边伫立
绵延的弦音送来白马
浓淡相宜
只是月光不与我更多言语

迁就于尘埃
流水终会抚平心中乱石
屏住呼吸静静倾听
谁又在读仙女远去的身影
唯有秋风击掌

秋口怀秋

秋水低吟,
火红的誓言已走远。

我拨弄着秋风,
借一只木船泅渡!

你说的秋口,你说的九龙湖,
说的落日和远方,
扑闪着少女纯洁的眼神。

我拨弄着秋风,
借一只木鱼泅渡!

老屋门前的苦柚叫了一声,
带走了我的外婆,
人间和万物都换了新景。

我拨弄着秋风,
只想弹奏一首思乡的谣曲!

灵台山

李森辉

灵台山苍翠,定光大佛在云雾里端坐
静静地走近,我仿佛不再是凡夫俗子

踩着客家人的足迹,一阶又一阶
向上,越来越靠近故乡
祖祖辈辈从陇西运输过来的血液
在我身上激烈流淌

看着定光大佛的目光,温暖
看着千里起伏的山川,苍茫

南　　寨
伍昌荣

它占据高处。破旧说着秋天
它说着风的肃杀
让我的手杖颤抖，落叶金黄不止
尚存的残墙断砖片瓦
有人镇守南寨
有人激战
已经够县城了
已经够夕阳了，满山的树木
也够秋天了
南寨在南啊
这南寨：
黑夜尚未登临，群星尚未吐露天空

清流九龙湖

新旺　昌荣　仕钰　林根　素华

一

吐出水和天空
作为底色
你是被风追逐的那一部分

跳着华尔兹的旋律
你一步步深入茜草之心
作为追风者
你血液里的狼群开始全面退却

这是一次柔软的声明
那么多碱蒿草守望在湖边
守着你又一次随春天浩荡萌发

二

路的起点没于水下

剥开层层浪花
祖先们，祖辈们——
从一阵吆喝中起程
又从一阵喘息中归来
肩上的担子总在吱吱地余响

记忆是一艘泅渡的船
在这个叫沙芜的偏隅小镇
从不曾动摇固有的深沉
艄公老黄发动游艇
一个人掌舵，一行风经行
把时光送上宋朝的马车
和明清的古道
哗哗水声裹去了鱼儿的轻言细语
率先登陆码头的
仍是那九龙湖的秋水

三

沙芜的尾缀称塘
其实有湖，得名于"九龙溪"

古镇，古街，古时的房屋
都沉睡于水底。从沙芜到永安

穿越"九龙十八滩"
一滩高一丈,滩滩荡气回肠

喊起船工号子
九龙溪切开山脉,冲出峡谷
通沙溪,入闽江,下福州
鱼米、竹木、笋笏……
缕缕鲜香喂养着万家灯火
启程或归航
一支长篙撑起故乡话题

白鹭翻飞
潜藏于湖底的秘密摇曳纷纷

四

绿,在水边铺展
还没有听见季节萌芽
风声已如水声——
蹚过河流

白云,自两山间游动
一个纤细的女子奔走相告
这片草原属于我,现在

让我们彼此靠近
目睹自己也站成一棵草

无限延伸——
一个人,一匹马,一只倒扣的木船
九龙湖上看草原
我只抵达,不记忆

五

不容置疑,九龙湖到了
我看见了十里平湖,静寂成好山色

取舟楫,随波所至
而后上白马山,探闽人之源,穿九龙洞穴

是谁?一路追问
白云蓝天,青山绿水,山道弯弯

一仰一俯,那么遥远的事情
近在眼前,又咫尺天涯

六

水的脾气再大

到了这里，都归为沉静

阳光下，我看到一汪汪的蓝眼睛

不用寻找，古船，古渡，古沙芜塘

纤夫的号子，都在水下

不谈文天祥勤王，也不说石达开屯兵

白马化成山，但保持着奔跑的姿势

狐狸仙姑，不只是活在人们的故事里

羽化成云。要不

湖水里的云朵，怎么那么妖娆

久久凝视。我与涯边的一棵红枫互换了角色

我留在了湖边，而枫树

随大巴回了家

七

早上，一群牛啃着岸边的荒草

而湖水，从不放慢脚步

在波光潋滟中，它们是孤独的

它们始终热恋的田野

抛弃了它们的狂喜，它们的浪漫，

墙基隐于泥淖之中，秋风吹来

那么凉。它们已找不到耕耘的记忆

八

一阵风经过庭院
与尘土混合,和落叶结为姐妹
封锁了母亲进出的木门
我从没见过哪阵秋风
有温柔可亲的样子
它总是暗含一种力量
差点把母亲摁倒在地
母亲,不是向秋风低头
而是向岁月鞠躬

九

我喜欢爬满青藤的栅栏
也喜欢余晖洒落的九龙湖
更喜欢黄昏里老柚树的窃窃私语

黄昏来临的时候
我们走过的林间小径
那里有深情的微风
也有凋零的落叶

黄昏释放原始的激情

虫儿奏起了久违的音乐

宁静的村庄在复活

树叶在呼吸

我也在呼吸

整个沙芜库湾都在呼吸

漓江九龙湖

九龙广场

柒零年代

停下脚步,我有足够的耐心
看广场上的人跳舞
此刻华灯初上,是谁打开音乐
让一群人如锦鲤
在注满月光的广场上
洗浣忧伤。那些跳舞的人并不知道
桂花树底下的我在行注目礼
而今年桂花晚开
多么的幽香。她们只自顾自跳舞
——又回到,摇摇摆摆的童年

在 拔 里

赖 微

"在最美好的时间,遇到最美好的你;
在最美丽的乡间,经历最美好的时光。"
是吗?拔里。你悬于太阳之下的
标志那么鲜明

大山从深处走来,带着栎树的
坚忍,拟赤杨的芬芳。你
送别了深山里电锯的喧嚣
望山倒的呼喊,以负氧离子行走的
姿势,捧出一轮
初升的太阳

哦,是的。从集美到拔里
从拔里到集美,就此一站
点对点的默契
让山与海的携手,从此
有了终极的抵达

以一辆森林小火车作证吧,或以
一个绿色的魔方
将一切曾经的过往留下
让涅槃,集一切美好的愿景
还一个新生
给你,就从脚下
出发

在清流参访石下芬芳俚后随记

连仁山

这座因位于一块巨石之下而得名的村庄
已经不甘心,一辈子都活在别人的影子里

它一直在努力寻找更好的自己。
那一年,它满腔热血,追随一支路过此地
红色的军队。如今,又暗暗较上了劲
它想走得更远些,一直走在所有村庄的前头

在这片勤劳的土地上。不仅流淌着
祖传的纯棉般的阳光,白云,空气
还盛产客家人纯手工打造的
水稻,豆腐皮,茶叶,桂花,兰花
以及从时光深处长出来,越来越好看的房子

它太美了。又如此大方
我到来时,秋天也正好经过这里
热情好客的它,把自己长期积蓄的
大面积的黄,全都掏出来了

而我一定是人群中最贪婪的一个
整个上午,我就像风一样,不停地
从一串稻穗亲近另一串稻穗
从一条路走向另一条路
从一座房子辗转到另一座房子
最后,无药可救地迷失
在它芬芳的体香里。我承认

我没有它家那口已有千年阅历的冷泉
那般清醒。"我没有留意走过去的第三个人。"

宁化

向着太阳，我们从这里出发

（外一首）

唐朝白云

——宁化、清流、归化

一只蝴蝶告诉我，这不是三座城

这是三个破茧化蝶的刹那

一只蜜蜂告诉我，这不是三个花园

这是谱写"中国人民从此站起来了"的

三个词牌名或曲牌名

——路隘林深苔滑

赤水和大渡河扳倒珠峰，当作温度计

竟没能测准苏区老区人民送子送夫参加红军的

燃点和沸点，雪山草地扯断地平线海岸线

张奶奶、李婆婆和陈家新媳妇只是当作经线

和纬线，缝进冬衣编成草鞋

——今日向何方

脚下的路在问，头顶盘旋的鹰在问

一岁一枯荣的草在问，从南昌起义的枪声

到井冈山黄洋界上的炮声，在问

从延安到北京在问，从过去

到未来，在问

——直指武夷山下

那天是新年元旦,每一秒钟,每一棵草

每一片云,跟随一支队伍向着太阳阔步前进

新年的钟声在时间之外,元旦的祝福

在风雨之外,黄河长江背负着人世的苍茫

在怒吼!在咆哮!

——山下,山下,风展红旗如画

是的,我们来不及包扎伤口,来不及和亲人

说声再见,放下锄头,扛起红缨枪

抬起土铳土炮上战场,只为千千万万的

父老乡亲,能在清晨的阳光下

敞开门户,树起炊烟,侍弄庄稼

长征,从这里出发

握过镰刀的手,握过铁锤的手,握过犁铧的手

一双双藏着火星藏着种子藏着希望的大手

紧紧相攥,我们

高擎一面猎猎作响的五星红旗

长征,从这里出发

——千里闽江,站起来!

扛着苦难的肩,扛着山河的肩,扛着历史的肩

左膀电闪雷鸣,右臂春华秋实

顶天立地，我们
树起一个坚不可摧的共产主义信仰
长征，从这里出发
——太阳，升起来！

霜雪咬破的脚，石子磕破的脚，黑夜刺破的脚
一双双追赶春天追赶红旗追赶日出的草鞋
阔步向前，我们
走成天安门城楼上那一行响彻云霄的诗句
长征，从这里出发
——东方红，响起来！

长征，从这里出发
一部旷世史诗，从这里开篇
吹响"风展红旗如画"的号角
押上"七百里驱十五日""横扫千军如卷席"的韵脚
出发，向着太阳
向着胜利，我们从这里出发——
雪山草地，平平仄仄
金沙江大渡河，平平仄仄
延安西柏坡北平，平平仄仄
历史的天空：大雁在吟诵，鹰在吟诵，白云在吟诵
神州大地：长江黄河在吟诵
泰山华山在吟诵，千里荷花万顷稻浪在吟诵

凤凰山的红军街（外一首）

惭 江

凤凰山的红军街有些逼仄
一间间木板房以轻微的斜度，支撑着一条街
青石板上的小雨打上了时间的光斑
染房、布店、杂货铺、理发馆、诊所、小酒坊
迤逦而去，屋内偏于阴暗

火把有些亮，松明噼啪作响
照见了木板上的纹理，以及有裂隙的招牌
檐下的一滴雨水迟疑不决
而内心却涌过一阵呼啸

像要把一条街都卷起来
他们的梭镖长矛是这里铁匠铺淬火的
衣服浆洗后，留下了客家妇娘走过的针脚
嘴唇上来不及揩去茶油的清香
伤口上还敷着药材店的闽西土草药
现在，他们就要从绵延的红土地带走
血，带走暗夜中的火把

所有的路都好像绑在腰间的几双草鞋上
唯独没有给自己的儿子或丈夫多做半只
这些泥腿子，左脚还在昨天的田里
右脚就绑上了绑带
左手还有镰刀茧子，右手就操起了土铳
他们用整条街，最后装上
全县十分之一的好儿郎

在下曹村

十二月初，雨微抱着曹坊
在下曹村，新竖起来的房子微抱着古民居
像抱着瓷器，抱着老去的祖先，抱着灰
伸出手，碰落一大块的旧时光

雨斜织着，比我弹跳在鹅卵石上的步履
更密集些
雨和我，一会儿就离开
它消失在天井的苍苔上，我消失在时间的
苍茫里。走完这条逼仄的巷子

我会继续走下去
从磨损的井栏，雕花的闺房，侵蚀的驻军故居
宗族的神龛
走到苦难，走到血脉，走到一粒粮食的另一边

宁化长征铜雕

胡云昌

信仰撑高了天空,红旗被天空召唤
一个词牌引出的红日,正通过煅烧
重塑明天日出的轮廓,让这里的水山
至今还保留辉煌的手感,并承前启后

宁化,北山革命纪念园
这里天空高远,适宜垒砌思想
适宜雕塑一个伟人的身姿,适宜浇铸一种精神

用一阕《如梦令·元旦》奠基,比山石更加坚固
那些长短句比大地更肥沃,适合春风生长
适合红旗拔节,更适合给江山押韵
那匹锻铜的战马,一次奔腾
就跨越了一个天下

一尊铜雕,肩扛红日的里程碑
那光芒是一个人身体的副本,依然耀眼
豪情依旧,体温还在

一本军用号谱

程东斌

发黄的纸张,斑驳的字迹,一本军用号谱
静静地安放于宁化革命纪念馆
旋律即号令。线谱如密码
一本军用号谱从未真正地睡去,抱着
激越而嘹亮的旋律,醒着。醒着,每一粒音符
每一级音阶,就不会生锈

口衔簧片的人翻阅号谱,如同翻开
一部战争史。一页战壕,一页火舌。一页烽烟
一页火海。战士在军号声中冲锋陷阵
身体可以被洞穿,血流可以成河
而烈火淬炼的军号声,永不会折断和消失
军号,战争之魂,养在
红军铮铮铁骨的内部,一颗丹心的悬崖

翻开这本军用号谱,就翻开了一位红军战士大半生的
殚精竭虑。先翻开他重新找到号谱的泪流满面
再到他与号谱形影不离的青葱岁月

翻到谷仓地板的钉子和包裹的油纸布时
发现油纸布上有一位母亲的指纹
钉子,依然明亮如新

身披阳光的我走进宁化革命纪念馆
面对一本军用号谱
我全身的骨头发出魔笛的声响
我似一把行走的军号,由新时代的清风,吹响

客家祖地
白瀚水

　　我几乎忘记她是客家人
　　只是她看着我
　　用很深的目光雕刻
　　我能理解的中年。隐忍的情绪
　　她说我来到了这里，就也是客家人
　　是乡愁的一部分
　　她捧起河水，而河水很自然
　　就捧起了苍天
　　是的，那时候她在手心里
　　捧起了太阳和白云
　　而我只是看着她
　　好像在看着一个我命中
　　注定相聚的人

　　她爱飞来的鸟群，也爱星空
　　她爱白日，也爱夜晚
　　她爱每一张
　　来到她身边的面孔

也爱每一株在时间里浮动的植物
她说客家人就是这样
一生都在默默地等待
在耕耘,在行走
在大迁徙的脚步中得到
生活最终的解答
而每一对从树林升起的翅膀
都代表内心的纯粹
像温柔的书信
剥开云彩,寄来候鸟

我们坐在一棵不知名的树下
看着大桥
平静的水面把它举起来
好像有一刻,在我们眼中,它是
可以跨越物质的
时间从她面前流走
像一捧清水
映出深度的月亮,楼群,潮汐
她的容颜在虚空里转动着
攫取客家人在年代中
留下的美德
这时我们的面孔,在水波里摇动
客家祖地在召唤我

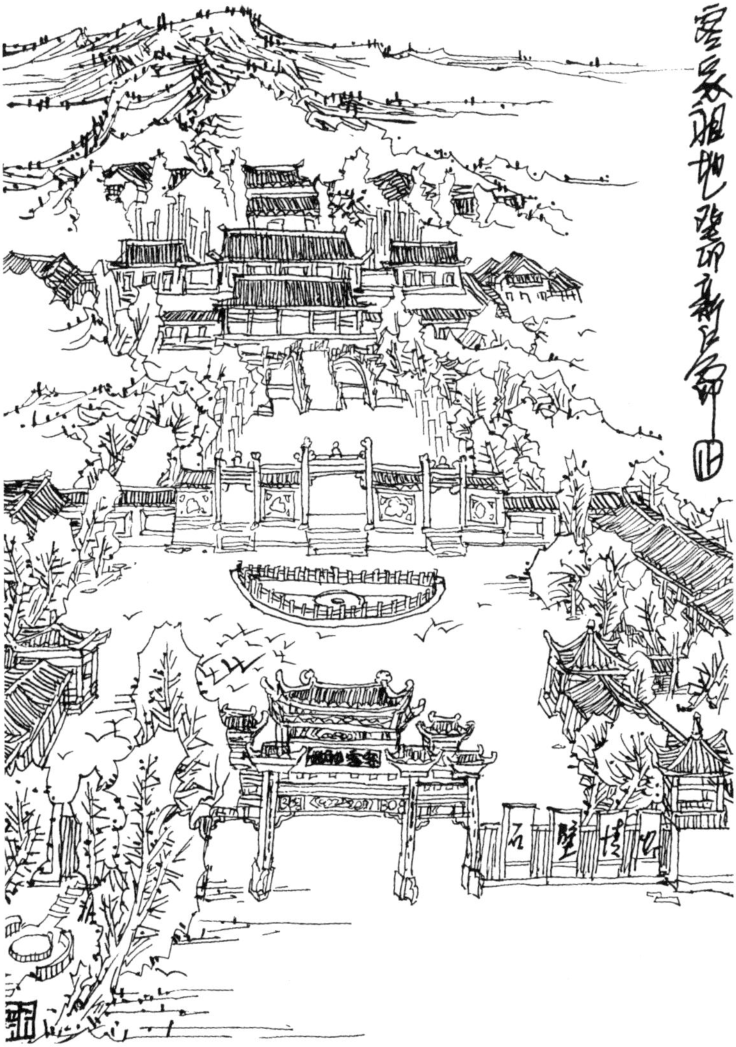

黄慎（二首）
离　开

蛟湖草堂

家住翠华麓之下。离北山不远
离我的陋室也不远
江南好，杜鹃又啼蛟湖水
饥鹤还在啄晴雪，来个野僧
供佛手。夜息，你还在听蛙？
骤雨又到草堂。不再问五湖美
在深山里著书画画，做樵夫和渔父
碧空下飞野鸟。斜阳照高槐
酒壶的酒没了，叫僮子去山间买
醉了就卧满庭月，也不去关柴门
犹记乌石山的风吹走你的斗笠
对峙的九仙峰也给你作揖
岩壁上的苍藤挂了千年
摘下带回草堂挂。不再买舟
去扬州，归来锄月种菜蔬

买舟归里

木兰船泊在岸边。你有多久
没回故乡？行囊肩上担
扬州城下起了雪。艄公在喊：
客官，快上船喽
江中云烟起，帆寒破江行
在他乡，做弹铗客有什么好
你问向东涌流的江水
茫茫，和去年有什么不同？
还是回家抓几只河鱼
换点酒钱。醉了，就在
芦花被里睡一整天
若画兴起，就画画烟江钓叟
画画麻姑、菊蟹、芦鸭和雪梅

记湖公祠的戏台

若　溪

抬梁穿斗中，戏台唱着欢愉时光
风起于长裙之末，才有了碎步逶迤
才有了轻绾乌发，环佩叮当

古装的文曲，现代的柔婉乡音，铙钹当当
那唱戏的踏着千里马，舞动广袖
雨声响，台下的嗓音混杂

时光在天井的滴答里，在飞檐斗拱里
在香炉的紫烟中，在一碗泡好的茶中，轻声低泣
故事里混合了你我，没有人提起血腥与战火

旧时光的雕梁画栋犹在，那些沉入暮色的云层
天空又被撕开了一页
你站在戏台下，四方的天
承接了一屋子的雨

客家小吃
边 雨

从北转到南,石壁围灶火
锅,当然是铁的,客家人有铁心
更有柔肠,一路迁徙
一路炊烟,只认定脚下的路
一日三餐:天地齐平

先说生鱼,不说水泱泱
大水从不漫灌,鱼儿专跳龙门
归口祖地,桌上喜洋洋
你一筷,我一筷
客家人有口福:口口相传

等到烧卖不是麦,大碗兜汤迎客来
松丸子粒粒比汤圆,家家户户伊府面
不怕田鼠不成干,嘴里嚼出田园香
再品黄粿到客家,村头小憩有人家
要是鸡叫天未明
家宴少不了白斩鸡

上坪村的秋（外二首）

离 开

木栈道油漆一新
秋阳下，又涂抹一层金黄
在望秋亭，和去年的我相遇

你看到成片海棠树
有的开着白花，有的结满酸果
一花一果，一群路过的人
在城南上坪村问秋。问百年古杉树群

戏台边，你摘下两枚乌桕叶
一条路往南山寺，另一条隐秘之路
去电视接收转播塔。山林幽静
雨后蘑菇，在暗处生长

南岭已是秋天，漫山阔叶林
依然青翠。走在山中
你想遇见登高的古代隐者

在山顶,听他吟哦南岭之秋的诗句
南山寺的疏钟,没有敲响
黄昏是愈来愈近了
吹来的山风,和旧年有些不同

你在山脚下,假装在找
可以撞钟的木头
山林的白鸟还没有飞回来

你来到村口的湖边
一池的湖水,有些倦了
山影晃动夕光,游人渐渐散去

就在临水处,搭一间木屋
如果暮晚还不见炊烟升起
你可以去找找他

他一定是安静地坐在了湖边

白 水 顶

由隘岭过杨公岭,你脱口而出:
"仰突犯云,瀑飞其下。"
有山鸿竦立于千仞

如玉的石莹在绝顶处

等云雾飘过来

此曰：白水顶。这是

明末清初方志家李世熊

眼中的东华圣山

途经客家祖地石壁

过陈塘、三坑和邓坊

穿过山门华迎阁

就到福林禅寺。山道陡峭

曲折而上，见金沙庵

得灵梦的香客已离去

又遇石台、草堆毛虫爬过

登山问顶处，乃古刹三仙祠

遍寻三只仙鹤不遇

拜过邱、王、郭三仙神像后

你就不想走了。等夜幕

低垂，你就去摘那颗斗牛星

水茜廊桥

三根木柱立在水中，半座木屋架在水上
如果洪水不来，就不用担心被冲走
木窗已关。早已无人居住
这是村庄，紫茉莉在仲夏盛开

蒲公英也飞到草地上，被你看见
如果沿着河堤走，蒲瓜藤蔓处
有杂草疯长。篱笆间
有瓜果垂落，就要被你摘下
河水流经屋桥，稍做停留
旧屋瓦还在，还会发出声响
是雨滴落，还是青苔在低语？
如果你走得缓慢，会遇见避雨的人
他也曾经在桥上看雨，看雨击打河水
看河水慌乱的样子。也会赋诗一首
如果是墟日，一定是热闹的
你和她就在桥上初见，暗生情愫
风雨飘摇。你走在桥上
穿过这座屋桥，就可以去另一个村庄
它是焦坑村，或安寨村

去九柏嵊（外三首）

胖 荣

我和先良兄

先是说房贷、职称

和孩子的教育

行至一半，我们开始说李杜

还有旧时的明月

越往上，离山下就越远

通向山顶的路

就是逆流而上的河

我们渐渐接近源头

开始谈论生死和无常

春天的九柏嵊，松树苍翠

落日圆满，照满山冈

住　　址

村庄是叫城门村

后山是叫城门嶂

河流是叫城门潭

门牌号是 19 号
灰尘下住着菩萨和祖先
光,从四周的缝隙漏进来
照着他们

蛟 龙 溪

溪水顺着溪水,像日子,挨着日子
这湾道,连着湾道
我们要学会热爱,也要学会忍受
没有弯走的水,打转,成了漩涡
流走的水,遇见石头,掀起了白浪

顺流而下,群山悠悠,流水无愁
溪上有什么,水,就倒映什么
映白云,映山色,映庙宇
将漂流的橡皮艇映成,渡人的船
一尾尾小鱼在其中,游来游去

坐着蛟龙溪的摇篮,荡两岸青山
我抓鱼的石滩还在,小竹筏还在
我的奶奶和父亲,也还在
所有的水,仿佛不曾流走

小垄里

请把车子开慢一些
村口的野草莓、马鞭花
没听过机器的轰鸣
请把说话的声音,压低一点
不要高于山泉和悠闲的鸭群
如果地里忙碌的人们放下活计
看着我们这些陌生人
一定要回报以微笑
我们可以村子走一走
但请放慢城市的步伐
要像河里的流水一样缓慢
我们还可以回到儿时
去河里抓鱼
它们没有经历诱惑,容易上钩
小垄里的水
是隆陂水库宁静的源头,请你不要说出
山外的忧伤

建宁

莲心有云（外三首）
曾章团

金铙山只有两朵云
山上的云
只做一件事
紧紧绕着白石顶
群峰下沉，而峰尖成为
高空里的岛屿

山下的云
是有骨头的云
人世壮阔，它临水而居
满山的黄花梨日显
粗壮，它却避而不语

金铙山被唤过几遍
游人恍然记起山脚下的莲池
去数，总也数不过来
清晨里将荷花莲蓬逐一托起
即使花朵凋零

可那些发芽的骨头

依旧裹着莲心里颤颤的云

没有一滴水是多余的

一缕山泉

一把清风

顺流而下　翻山越岭

保持着出发时的澄澈

水里储蓄着绿色的山草香味

没有一滴水是多余的

水在云之上

江在水之下

那天上午

我站在闽江最上游

看荷的玉立　五谷的手势

看一条江载着天蓝色的鸟鸣入海

我推着石头上山

抱着水回家

观千层崖瀑布有感

铁红色的断壁挂着无数道

光,雌性的水白而无瑕
这是千层崖瀑布
在山中,在深渊之上
它是秘境的一部分,也是我
得以裸露的根源

我的草木如此卑微
可那山崖,那筛下的雨雾
同样藏着飞舞的灵魂
也许这世上所有高不可攀的
东西,都不在眼前
在身后,如替身般轰鸣

峰峦还是旧时的峰峦
谁也无从得知,此时此刻
在我和瀑布之间
有潭,有深不可测的幻境
而那唯一发声的人
正浮于水中,等待彩虹

古道上带露的脚印

古道在脚下,沿着水边蜿蜒
一个人在时间的倒影里

摇晃,清风扶不住
崖石也扶不住。一群挑担的身影
路过时吆喝几嗓
山更挺拔,水更清幽

闽盐赣米磨砺过的石板
虫豸还从那儿爬过,偶尔转身
触及青苔和中草药遗弃的
体香,它们略显不安
大半个时辰,它们保持静默
鲜有他者为此而停下步伐

这是宋朝古道,又称高峰古道
先人早已仙逝他乡
尾随者接踵而来,从谷底
越溪涧,真正上路了
流水在前方,飞鸟已在后头

在建宁,以词牌名的方式
胡云昌

"赣水苍茫闽山碧,横扫千军如卷席。"
——毛泽东《渔家傲·反第二次大"围剿"》

一阕《渔家傲》,映红了建宁城
一枚汉字八百里加急,并顺风放牧了一场战争
这个战场过于庞大,硝烟遮蔽了大地
子弹洞穿了光阴,炮声隆隆
捷报传来,"横扫千军如卷席"

进攻建宁,一个伟人用一粒词语
抢占了制高点,无数汉字的点射
形成了一阕强大的火力网
而一个隐喻在城里,早已埋下了伏笔
在建宁,以词牌名的方式
打开一场硝烟,历史的一束追光
让一个年轻的红军战士,成为焦点
他只身打马,长啸归来
飞扬的尘土,让一些人胆寒
也让一些人,荣光万丈

在冲锋的道路上，这个年轻的战士
把自己狂奔成一粒子弹，速度过快
他跑丢了自己的影子。一个倒下的青春
如此沉重，压住了尘世的轻浮

年轻的战士，裹紧了一匹兵荒马乱的光阴
侧身而卧，青山处处埋忠骨
他披了一身建宁的好山水，让人间适时地
葱茏了一次

渔家傲：一件衣服的故事
唐朝白云

渔家傲，是一种辣子的品牌
是一种缝补衣物的新手法，白云山的
云雾是一捆噼啪作响的柴草，炒一小碟辣子
足够七百里山川，打上半个月的喷嚏
他用各个击破的战术，把影影绰绰的闽山
当作一块块有棱有角的补丁
把弯弯曲曲的赣水，当作一团麻线
武夷山中段补在胸前，不扎眼
恰好让半碗野菜稀粥孵化新一天的太阳
东山和龙宝山补在袖口，方方正正
恰好让来来往往的风雨和雷电削减三分匪气
三百里金铙山补在肩头，厚实、绵软
恰好拉升朱德那扁担头上晃晃悠悠的小曲
接着，他又调动行草的气息
扯下一段哗啦啦的闽江，补钉了两枚纽扣
像磨刀，用手指肚试了试刀的耐性
他眯缝着双眼，抻了抻后背上那块补丁
剪去几个挤眉弄眼的线头

最后检视了一番,再抖了一抖
——呵呵一笑
他竖起大拇指说道:针脚细密,手法娴熟
窗外,明明灭灭的北极星闪了一下
东山脚下的流水侧了个身
从江西吉安到福建建宁,山一程水一程
那些硝烟,那些焦虑,那些伤痛
仿佛被一一抖落了。他就着煤油灯点上一支烟
对着茫茫夜色
喷出一串辣子味十足的烟圈
随手就把它披到了朱德的身上
——鸡叫了头遍
转身,朱德把它披到了一个哨兵身上
——东方露出了一缕鱼肚白
三天后,那件衣服又披到了一个老农夫的身上
——那些日子,草色青青,阳光灿烂

莲　　说
林晓晶

莲说
我亦是你
炫出一池光华
载着风
幻化成云

一瓣馨香
落在静逸的荷塘
无意
娉婷了月的心

孕育的浑圆
盈润了青花盏
你于此间开启无量净土

莲
默语　欣然

在闽江源
王志彦

一

严峰山写满了奇、秀、幽、灵的诗篇
群鸟欢腾,流水静默。建宁在流水溢出的
澄澈中,删繁就简,修炼成云豹般的意志

辞藻的锦绣江山,倾泻着闽江源头的仁爱
水墨交辉,一只白鹇的思考,像一朵出浴的阳光
为闽江的波澜孕育出惊艳的蓝图

二

以词象生物,闽江源头的草甸、滩涂、森林
让山水均衡。一团来自金铙山的幽思
在时代的浪潮中,过滤出多少良知与敬意

闽江不再空悬于泥沙和卵石之上
阳光在骨髓中渗透,闽江的澄明瓷器
正在长出旭日的翅膀,舒展岁月脉搏中的另一种光影

三

到闽江源头寻找诗意,就像去墨里提取言辞
意象和隐喻已找到精准的仄韵,水光掩映的襟怀
是一滴水回到它自己的呈现中

面对一群群褐翅鸦鹃、草鸮、雀鹰
浪花和飞鸟,哪一个更接近于时代的音符
哪一个能引领我回到闽江的合唱中

四

生态给出的黄金,在闽江源头慢慢移动
建宁"五子"将生机溢出年轮的边界
仿佛闽江的一朵朵浪花,找到了美学的墨

苔藓、浮游、木本、灌木……植物已抵达黄金海岸
时代的元音,溢出歌者的襟怀,成为生命的灵魂
在闽江源美艳的肌肤上,留下一道道澄澈的波纹

五

当暗夜抖落雪花般的羽毛,与辽阔的澄明相遇

闽江源,超出了横流湍急的沉思
它更像岁月的柔肠,超出了诗学意义上的注解

一切混沌和梦想,将悸动于初心和诺言
当人间放下心中的泥沙,梳理出春天的纹理
在这绵延不止的潮涌中,一条江河之源已为幸福命名

濉溪春秋（组诗）

唐朝白云

一个人，站在濉溪畔

站在濉溪畔，一个人
与站在山顶上、树荫中或屋檐下一样
可以同一株芦苇白头偕老
也可以同一只蚂蚁或一群鱼虾
挑起一场战争。一个人
站在濉溪畔，就像咚咚的心跳
被一行深浅不一的脚印篡改为一声叹息
就像时间，被时针和分针裁剪为落日
被分针和秒针，裁剪为阴晴圆缺的故事
站在濉溪畔，一个人
风是背景，鸟鸣、雨水和星光
也是不可或缺的背景
此时，是春天还是冬天无关紧要
是黄昏还是黎明无关紧要
重要的是：站在濉溪畔
一个人内心的流水，能否
怀抱天光云影，潺潺地汇入濉溪

风过滩溪

大雁把一年一度的感悟,一字一句
发布到叶尖时,秋天露出他的帝王之相
勒令河流放慢脚步,俯下身子
让那些常年被鱼虾踩在脚下的石头和沙丘
钻出水面,仰望星空

风过滩溪,闪电在这里折戟倒戈
雷霆在这里偃旗息鼓,蝴蝶和萤火虫
在一朵桃花飘落的弧线上,找到童年回声
我看见流水弯了,鱼群弯了
树木弯了,我走过的路也弯了

几十年过去,蝴蝶还是蝴蝶
小草还是小草,滩溪只要一个动词
在某个向阳的山脚下,生活就会爬上草尖
召回流水,并用一个小小土堆
为我树起生命的界碑

六月的滩溪

滩溪像少妇披肩的瀑布,她的飘逸
又一次落入了六月的怀抱。端午节过后

三两只白鹭、七八对燕子或一大片破抹布似的
试图擦亮天空的麻雀,牵引着溮溪
走进唐诗宋词平平仄仄的岁月
承转、对仗、比兴、铺陈、隐喻
仿佛溮溪从高沙洲一路走来的之字河床
绕过东门楼、青云岭时的回肠荡气
我喜欢把左岸一对正在打太极拳的白发老人
或一个如树桩似的垂钓者,当作一个停顿
喜欢把右岸绿肥红瘦中一座飞檐翘角的风雨亭
当作一个韵脚,喜欢把万安桥、水南桥、溪口桥
或下坊索桥当作一个段落,把西门外荷塘落日
东门楼头的圆月,当作一个句号
把柳荫下独自横斜的小舟,当作一个省略号
你看——六月的溮溪
推开草屑和浮萍
推开滚滚雷声和噪声,吐纳蓝天白云、飞鸟
和霞光、花草树木,甚至把闪电、泥沙
喂养成鱼虾、浪花。仿佛我胸中潺潺的诗意
笔尖哗哗的诗行,我常常毫不留情地
抛弃那些虚伪的形容词和感叹词,常常美滋滋地
捧起那些温暖的名词和动词。六月的溮溪
像一列从《诗经》出发的火车,又一次
哐当哐当地把我送回了老家

芦花开了

濉溪畔，芦花开了
一株一株白了，一丛一丛白了
白成了一场鹅毛大雪
——濉溪的秋天，到了

清晨，我坚持跑步
傍晚散步，一步一丛芦花
一步一簇浪花，白天是被我跑白的
黑夜，是被我走黑的

这么多年了，白鹭在芦花丛中觅食
恋爱，芦花一遍一遍抹去我的脚印
但我知道，不管走到哪里
我都是一个小黑点

濉溪畔，芦花开了
一株一株白了，一丛一丛白了
白上了我的头顶，白进了我的骨血
——我的秋天，深了
像濉溪一样，我坦然地……

躺下，坦然地
躺倒在群山的脚下
躺倒在城市和乡村生活的低处
像滩溪一样，放下张家山碗大的泉眼
放下山的高低、路的远近和岁月的冷暖

逆流而上，我坦然地躺下
躺成一块石头或一截木头
躺成一段陈年往事
像滩溪一样，放下白天的白与黑夜的黑
放下身高、心跳、年龄、姓名和梦想

当然，还可以顺流而下
我坦然地躺下，躺成一条幽深的巷子
或躺成一座日渐荒废的花园
像滩溪一样，放下左肩的风雨右肩的闪电
放下天干地支、子丑寅卯和金木水火土

像滩溪一样，我四脚朝天地躺下——
躺成先辈的墓碑，躺成下一个世纪的路标
像滩溪一样，我五体投地
放——下——
放下泰山的重，放下鸿毛的轻

莲乡新韵（二首）

宁江炳

莲　农

情深如海　你一个手势
就把游客引进了莲乡人家

沃土在莲花脚下莲藕之上
是种莲人朴素的一生

这里是我的故乡　日子依次排列
渔歌荡漾在莲湖　莲香弥漫乡村

你看，采莲姑娘载歌载舞
举手投足间　是超脱人间写意
超脱了这一页江南独有的诗韵

听　荷

月色如水　如风　水流露滴

连同脚步　一片片蛙鼓弹唱
铺满荷苑小径
让我在梦中流连忘返

百亩荷塘　万朵荷花摇曳着
一首玲珑剔透的诗
我捡拾月下的乡土流韵
让清风入怀　荷香入骨

梵音自荷塘而来　自虚空而来
或荷苑旁农家灯火和流行短裙
褪尽浮华　是江南水乡的秀美

莲子馆竹荷苑重新建

金铙山上的红叶（外一首）

陈映艳

到了成熟的季节

自有红透的一天

大山深处的绝色女子

山中待嫁的新娘

耐不住渐深渐浓的相思

就在山头眺望

漫山遍野的红

直把远方望穿

我是一个走马观花的过客

你的新郎呀

还奔波在异地他乡

过跳鱼村

要用多长的鱼竿，才能在溪源都团的钓鱼岭

钓到均口菱坑的跳鱼

翻过钓鱼岭就出省啦
由闽入赣,从建宁到了黎川

鱼在溪涧嬉戏跳跃,这一跳
就从台田溪跳到了水茜溪,然后又进入闽江

钓鱼岭、跳鱼村,一个在北,一个在南
不就是几根鱼竿对几尾游鱼的怀想

在建宁：以水作镜

李若兰

想象故乡繁华的莲塘
在一年中最佳的季节
五月的莲，以水作镜，梳妆
照见尖叶与花苞
即将展露她的风华
五月的莲，光和生命，融合
经过本性的完成期
即将孕育夏的光彩
五月的我，将以何种方式
抵达莲乡
当是以一种临摹的意念
描绘她盛开的影像

从高峰村走过

赖 微

成片成片的格桑花
在阳光下跳舞的格桑花
大山深处流过的清泉水
绕过了今天你的脚下

谁在地质学的断层里低头行走
谁把这个日子的驻足
聚成愉快时光的言说
哦,谁的思绪被绵延的田畴牵引
谁的遐思只为那蓝天下
一座座,新矗起的白墙青瓦

不忘初心的人从远方归来了,此刻
他正为放飞的一丛丛蒲公英奔忙
他的莱卡,已然咬紧
那丛柚子里的岁月,飘过的山岚知道
那里挂有他绿绿的童年,还有他
曾经失却的圆圆的怀想

半山亭上有飘来的歌声浓郁如酒
是谁捏着一管南曲
把个高峰村的晌午唱得字正腔圆
白云从他的身边静静流过了
那些久远的记忆
随着歌声飘向远方

哦，成片成片的格桑花
在阳光下跳舞的格桑花
大山深处流过的清泉水
绕过了今天你的脚下

每一个人家都搬进莲蓬里面住

惭 江

在修竹村,我们小啊小,小成白鹭不够
小成瓢虫和青蛙,站上荷叶摇
或者一尾游鱼
才能让一朵的荷阴,有球场那么大

在荷叶的包围下
村庄也小
每一个人家都搬进莲蓬里面住

岸上走着的女孩
也都是行走的荷花
抽出的胫骨,是荷茎婀娜的形状

在秋天,枯槁的荷梗倒下了
像父亲还在田间劳作
没人敢上去,轻轻唤醒他

只有快乐,在修竹村开得那么圆润
拐过好几条美丽的弧线
只有忧伤,留下来长成年复一年的稗草

泰宁

呼吸　在宽大的手掌间（外一首）

林秀美

风吹开记忆的缺口　往事
细碎　微小
像上清溪岩壁上的小花
不经意地摇曳　人世间
有多少一饮而尽的温暖岁月

多少年来　溪水依旧奔流
青山不断放大
一条鱼的呼吸　在你宽大的手掌间
镂刻可成岁月的纹路

一条鱼　曾经有过的惊慌和恐惧
正像这些　满山的绿色
不动声色
在你的视线里
一条鱼和一个人的生命　同价
一个人的生命和一座江山　同价
端详一个生命　你的目光
俊朗　亲切　又和蔼

目光有神　眼眸深邃温情
璀璨成我们最高远的星空

神话般的溪水是四月的翅膀
不期而至的嫣红　紫白
蛰伏山间　谁的内心深藏一片天空
一双手捧着一条鲤鱼
呼吸　在宽大的手掌间
宽大的手掌捧着辽阔江山无价的生命
一声鸟鸣响彻天际
谁在表达
来不及说出的一声谢意和致敬

时光在掌上　耸立成盛装的千山

在一夜的鸟啼声绽放
阳光和雨水　家园的身段
在时光深处铺展
风在吹　四面青山葱茏
生活的桃红柳绿
铺排几朵蓓蕾
清流的小溪　晃动远方的梦想
山歌的尾音落在上清溪的祈福里
所有山水的朝向

因阳光照彻而透亮

飞鸟丈量遥远的季节
高山深处闪现斑斓霞光
历史的经纬　草色汹涌
从低处到高处
从高处到低处
每一个过程都是灵魂的升华　家园深处
草长　花开　果实累累
光阴的拓片　镶嵌山间
二十四节气　渐次昂起自信的脸
时光在掌上　耸立成盛装的千山

仰望　让一座山更高
俯视　让一座山平添辽阔
胸中有丘壑
万千是江山

泰宁,在世界自然遗产里

镜　子

我向这个世界递交了一滴碧绿的闽江水
和一滴深红的"火焰"
就是向泰宁递交了秘境的入场券

我只要在晒经崖上吼一嗓子,重重叠叠的悬崖
就活了过来,像一匹匹汗血宝马奔跑起来
这种剧烈的燃烧,叫爱情
你做到了那里的"海枯"
却做不到这里的"石烂"

我要和丹崖一样,削发为僧
和甘露寺一样,悬而未决
梵音被丹霞收留,被二十四溪收留
并释放
让我总也走不出这梦幻萦纡的圣境

是亿万年的光阴
让泰宁这片大地远未发育成型
仿佛在燃烧中
完成这圣火的交接

泰宁西北骄傲的山群（外三首）
萧春雷

泰宁西北骄傲的山群
耸入云端撕破平静海拔
绿色的腰带
一个村庄缒绳而落
尘土飞扬　尘土落定

这块围拢了杉林和星空的
篱笆让野兔
标记它的草细腿的山麂
从容跨过模糊的碑铭
谁能弄清人们放弃什么

又留给自己多少
深夜三十年的惊恐
追赶上我一碗水
一个无知觉的婴儿
重重地摔倒在帐篷边

废弃的村口古道寂寞
现在让我踏遍晨曦
雄伟的双门石花岗岩的
头颅她永不疲倦
她永恒攀登自己的躯体

记忆中的虎

枝丫间安坐的灌木
懒洋洋的缓坡落叶却
拽紧四处游走的湿雾
昏迷和腐烂
捂住了这个清晨的双耳

武夷山脉的寂静
锈迹斑斑的寒鸡
耷拉着影子般的翅膀
我在等候从镜子里
纵身跳出华南虎

孤独的百兽之王
和我的道路有一次完美的
错过　这古老的火焰
像风弯成弧形

像血泊消失在土里

下山后我仍然震惊
一个物种的傲慢与盲目
那随森林而去的身影
悄悄返回
而我躺下像一处缺口

长兴村水口的花榈木

我又看到那些黑暗的树
嘴里含着卵石的
固执的花榈木
雀鸟晶莹剔透　叶子明亮
鸣声荡漾在枝头

依然是匆匆的流水
匆匆的雾霭
在树下一片云影
爬上午后光滑的前额

那一年耀眼的蝉声

也许我能再次俯身

看见被树丛遮蔽的少年
他的忧郁多么柔软
江河掩埋了它的起源
我隐藏起自己

真实的伤口梦想
外表冷漠而内心灿烂
当一群花桐木游过
破碎的原野阳光清澈
唯有我们如此神秘

泰宁：春天的花魁（组诗）

张应辉

金色的湖

我沉入夜色
沉入这温暖的湖
我的睡梦在湖底复原
母亲燃起炊烟
父亲收割金色的稻田
船桨荡漾着小城
撩动满池水墨
五颜六色落入水里
丹霞也沉醉其中
我们在透明镜子里飞翔
喧闹的山林多么舒缓
睡莲不经意绽开
粉红的梦及时潜入
湖面轻轻掉落一抹胭脂

我的家乡在音山

从母亲逡巡到父亲
白发慌乱躲避我的眼神
寒暄暗含责备
他们像儿时做错事的我

皱纹显得无所适从
他们遗失了丰富的词汇
我捡拾语词驯化
父母返老还童的迹象渐显

我的村子命名音山
它背靠崖壁,溪流穿行
老墙映射斑驳的背影
一幕正剧经久不衰

黎明的光芒

鸡鸣唤醒幽谷
这声音地动山摇
晨露酝酿了整个夜晚
多久漠视了黎明

田埂洒满碎钻

老农躬身收割稻谷

家乡的脊梁拱起整座山

崖壁如此亲近

心灵倚靠在太阳边

始祖鸟结伴飞来

慢慢撕裂天幕

金色的光芒铺天盖地

田间凝固的油画

地摊的啤酒花开了

劳动的语言掷地有声

汗水是食物的调味

汉唐小城的稻谷已成新米

山泉净洗着农夫的身子

溪流毫无压力地撒欢

我们交给秋收

薄雾笼罩的乡村油画

几只闲鸟骑着老牛

乾坤轮回于田间

静谧福城,我一直在

夜深人静我眷顾着
皎洁是你与生俱来的品质
我从泰宁边缘擦肩而过
月儿温顺悬挂在城上
我要挥手别离
光芒柔柔囚禁心灵
是什么牵引
羞涩的脸庞洞悉一切
夯土层坚不可摧
总是岁月拨动我们心弦
久违的人依旧在
逝去的画卷一地琐屑
我们携手补遗
色彩满盈,抑或留白枯笔
唯沙漏坚持度量
月桂洒落的清凉花瓣
是春之雨绵,冬之雪瑞
水中万千婆娑月影
一隅静谧福城,我一直在

红梅在悬崖上盛开

这个春天的诗为谁而写

绝壁上一棵顽强小树

多少的风，多少的雨

像钢筋扎进岩穴

岩浆是滋养的母乳

孤单的树影

仰望流云飞驰

蜂鸟不忍驻足枝头

生怕折断峭壁上的美

一个明媚的午后

天使捎来约定

祈求小树伸展新枝

传奇的刹那到来

霞光遮云蔽日

红梅在悬崖上盛开

春天的头魁，油菜花

油菜花比往年金黄

它立誓要夺得春天头魁

蜂王率队助阵

蝴蝶预备好盛大舞会

露珠附着花蕊

我看见儿时伙伴藏在花间

乱窜的小黄狗一身花粉

远处母亲的呼唤

我们被油菜花迷醉

它的淡香,软软的眼神

它与嫩叶交融的媚

原谅我们淘气

我们在花下慵懒春困

这个春天

孤独的田埂

寂寞的油菜花园

所有玩伴都随风飘散

三月的油菜花

无人喝彩,无人采摘

哪怕来一场惊雷

或是暴雨倾盆

你依然是春天的花魁

尚书第

康惠玲

这样一座悠久的宅院
落在家乡丰饶的土地上
在幽怨恍然的橘灯下
站立成历史的石碑
这无关屋檐上黛色的苔藓
无关红砖绿瓦的残痕裂纹
无关凹凸石井深深的倒影
更无关季候狂雨的肆意横流

时光模糊了记忆的思想
却无法抹去宅院厚重的传奇
雨水洗净世间的尘埃与铅华
却淘不走宅院铮亮的人文底蕴
它锈实坚韧着不带一丝忧伤
人们只能在翻开的书页中
肃然感受它亘古悠远庞大的气势
并和着这时代的雨帘
添它一声赞叹

去甘露寺

黑　枣

十万片碧绿的叶子
哪一片菩萨拈过
一万个隐秘的岩穴
哪一个神仙住过

天下只有一座甘露寺
只有一滴清洁的泪珠被供起
只有一颗蒙尘的心脏
还在百里千里地遥拜向往……

一柱插地,不假片瓦
这就像,我只燃烧一根檀香
就能够搭盖起一生的信仰
我只需奉献出一行诗句

一行我弯腰取自滚滚红尘
一行我屈膝从生活中掏出的
诗句……去朝拜一座

建造在时光陡峭之处的寺庙

甘露寺。悬在半空中的一粒明珠
被无数惊叹与赞美包裹的
琥珀。菩萨将它交与世人
人们却重新点燃它,作为明月……

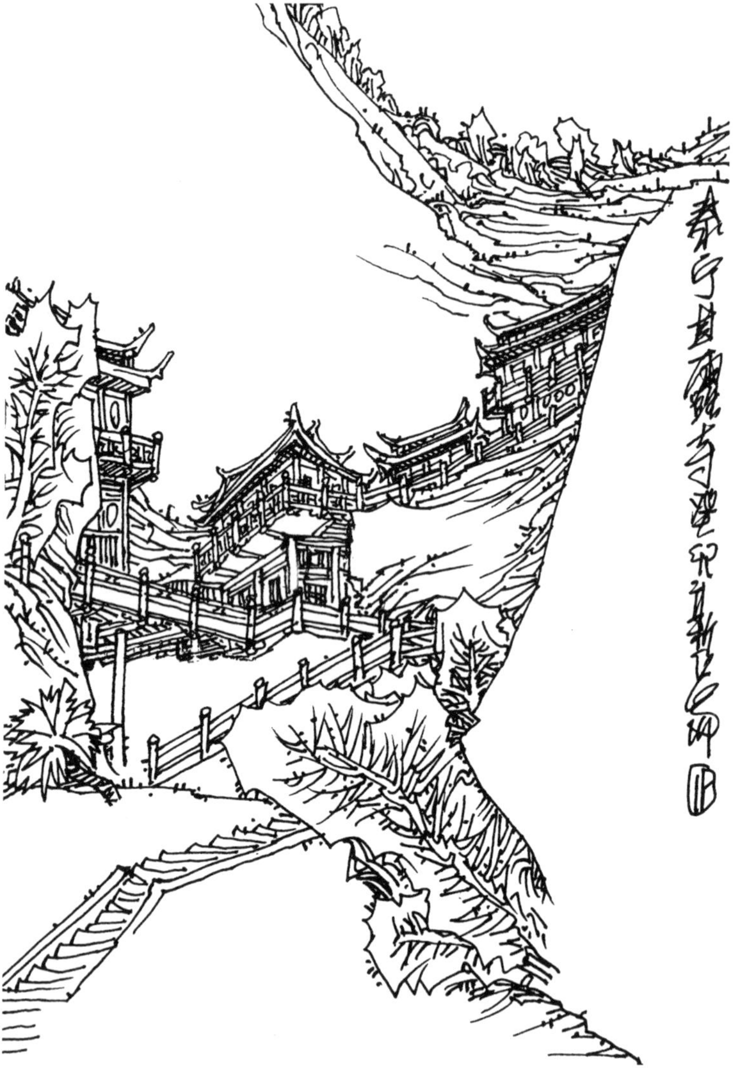
泰宁甘露岩寺

梅 林 戏

张凡修

流行闽赣边陲，演出时眉与唇间
妆饰的红点隐藏着
比宋朝记忆还超凡的境界
明清时，梅林戏
与傩舞、跳神融合，唱腔
以乱弹、西皮、下江为主，配以
皮黄、拨戏、吹腔
——土戏颠覆土戏的艺术
叮当鼓、担箱、土腔，唱到大亮光
我有片刻如醉如痴
好奇混合着疑惑，将我的听觉
与视觉颠覆成一个新的
大嗓开、小嗓落，每句都有
"噫"的拖音
稀释掉我们所有的
白日梦。几乎无法在南词北调中
回旋。这近乎一种享受
"芦苇静立在浅蓝色水塘里"
唱念打做不止，"我深深地俯下额头"

泰宁红军街

辰　水

多年后，再一次走过泰宁红军街
墙体斑驳。标语历经风吹雨打，依然清晰可见
驻扎下灵魂与刀枪。一桩桩往事
在史册里成为冷冻的文字。只有那些火热的心
年轻的战士，他们的脚印磨砺地上的
方寸青石，一条通往鲜花与自由的道路

那些镌刻在墙上的文告，横平竖直
深入人心。句读之间，一个清明的盛世
呼之欲出，宛若重现
历史的掌声，往往比鼓点更重
比号角更加凌厉，欢呼呐喊

砖墙。石板路。灰白的视觉
一次次冲击，视野里峰回路转，皆是旧场景
仿佛是一幕幕情景再现
那个残酷的岁月，红色的旗帜
迎风舞动，人心所向。天下的大局

便是定了乾坤。从泰宁出发
革命先驱,他们无数次回望这片故土
一个原点,一个源头
在这条街道里发轫、溯源……

大金湖

青 黄

抱在一起
这么多水,有的荡漾

有的入定。水载着水

也载舟
一艘游船叫日月潭号

海峡对岸
日月潭,一艘叫金湖号

夜泊大金湖

吴德权

大汪的乡愁，清澈的寂静
风，端来一湖山水

草木蓄满清露
月光，斜斜插在船头

我不告诉别人，只
告诉光阴

猫儿山

昌 政

谁知受了什么惊吓或诱惑
一只猫跳上了
山巅　蹲在大金湖的岸边看人摄影

它的耳朵竖起
其实是长在石缝的青冈栎
叶子落与不落
都是
风景

将乐

玉 华 洞
范　方

无数的山石
擦肩而过
上上下下
明明灭灭
溶洞在脚下起伏
每一举步都是胆寒
只有青苔默默
蝙蝠斜挂
偶尔拍翅的声音
叙述着生命的艰难
若不是松明
下一步便是深渊
而也有过
比幻想还美丽的名字
交给黑崖墨壁
语言的魔力
毕竟使贫血的年代
增添些许营养

谁再去思及

千年万载

海涛和烈焰

谁再去计算

入洞出洞

人类的文明

究竟有多少里程

足踝之下

千姿万态的风景

原来是一支慷慨悲歌

令我仰天高唱

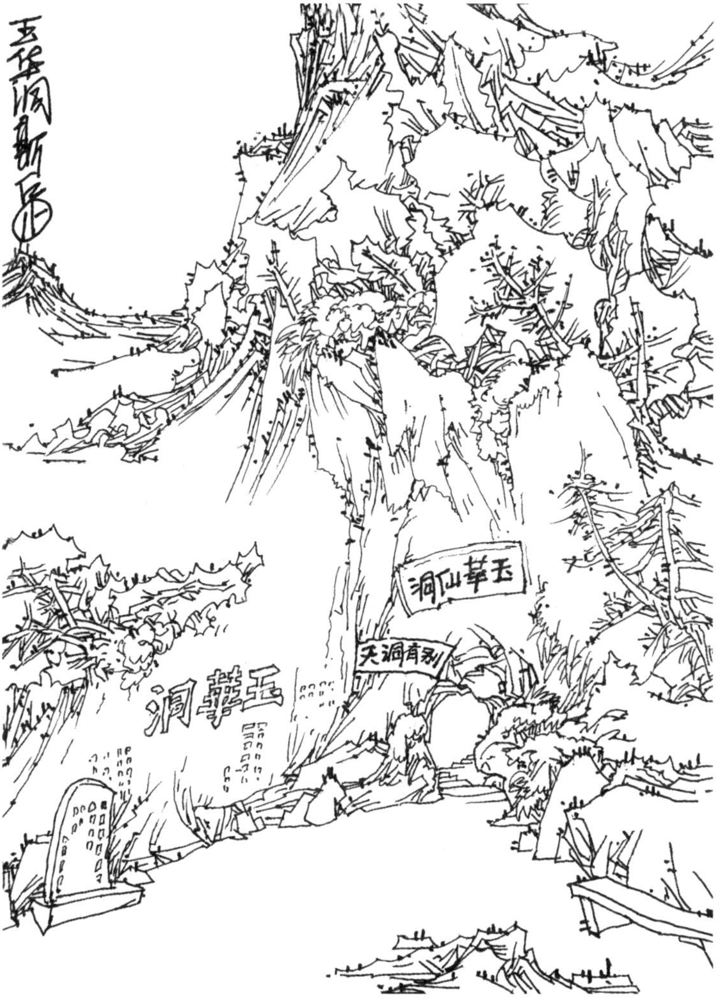
玉華仙洞
別有洞天
玉華洞

程门立雪

卢 辉

千年古县,在那个宋词蓬勃的时代
一位叫杨时的人,他不用诗词
制造远方,却让不擅长下雪的将乐
多了一个名垂千史的
程门立雪

雪花纷飞必有大师
一个杨时,一个程颐
南北之间
雪花无界,书香飘舞
思贤若渴的杨时,在雪地里
以雪人的姿势

师道如天,求学漫道
一站登学崖,一站雪花开
以长江为界

还是那个程颐,还是那个杨时
一北一南,学富五车
飞雪迎春到

西山纸传奇

张凡修

一

"太多纪念日,太少
记忆。"而西山纸产地将乐
却一直挥之不去
记忆,就像体内的嘈杂
越是接近,越接近"西山纸制造之乡"
越漫不经心
起来。我以我
所能的方式。我以我
耽于膜拜的虔诚,我一直渴望接近
龙栖山神秘的空间

二

龙栖山,涧水潺潺、青竹滴翠
柳杉挺拔。沿着竹林的台阶
逐级而下
便走进了制造西山纸的手工作坊
只见上等嫩毛竹空出空白

在经纬广阔的间距里
经过断筒、削皮，轻易地遇见
撒石灰、浸漂、腌渍、剥竹麻
这些易于辨识的同类
然后压榨、匕槽、踏料、耘槽
抄纸、干纸、分拣、裁切等
二十八道工序，完全手工操作
特别是"踏料"这道
近乎蛮荒

三

毛竹外表坚硬
从柔软的内皮和瓤中，垦殖和
提取出"冰清玉洁"
独自一人，我在龙栖山
想攀上那积雪的头顶
我崇奉着美
将内心残剩的一小片污秽
打理得洁白锦簌
没有多余的委婉
在略带清香的气味中
轻易地遇见段状、片状抽离后的空白
避世或沉殇。山野之间
或柔或韧，由着自己

将乐擂茶
梅苔儿

在中国深呼吸小城：将乐
我的肺活量又一次成功刷新，重新启动
我的味蕾被一次又一次调动
一种沁人心脾的气韵
我提纯到满眼、满腔、满心的气息
都将成为我日后生命筹码

再往前，邂逅将乐擂茶
不。是一整座将晓的春山
茶叶、白芝麻、陈皮、生姜末
我闻到青草药的涩香
鸡爪草、藿香、淡竹叶、薄荷
我咀嚼着土地给予的苦和甜。用一颗初心
倾听美好的事物一遍遍被水滤过的声响

在将乐，一方仙境
云蒸霞蔚，绿植葱茏
等擂茶下肚，等星月之辉从天际挥洒

我看到自己内心

被缓缓抬升，烘托

如斯的壮美而张扬

我舌尖的味蕾捕捉到浓郁的乡情

像老祖母的味道

在烟熏火燎的老灶屋

她窸窸窣窣，慢吞吞做着各种吃食，此刻

我卸下所有，放任自己，回到了熟稔的故乡

龟山弦诵（外一首）

何爱兰

雨水涨满时，龙池溪就欢快起来
水声载着明月潺潺而来

我在岸边看一会，听一会
一粒沾着宋风的水珠落在头上
千古的弦诵由远而近
声声素琴，泠泠作响
我想入溪水溯流而上
去见识一个清晨——
一群垂髫小儿出万安门
过厝桥，经道南祠，入龟山书院
苍苍蒹葭，朗朗书声

或者等到日暮，霞光万丈
上高楼，我可以站得更高远一点
去见识——
"云深立雪堂，月落横琴几"
杨时先生清风明月，立水岸

虹桥暮雨

想一个人撑伞出南门
去城外迎接一场虹桥暮雨

我坐岸头,浮桥在微雨里
荡漾。远山凝出翠色
水鸟羽翼丰满,刚刚从烟波飞起
金溪正将黄昏卷入水雾

此时,几个妇人袅娜而来
挽一篮子吃食,由北岸往南
去瑞光塔、真武楼或观音庵?
我朝桥头喊一嗓子
想与她们并肩走一趟虹桥
却是刹那间,桥与人与绕城的古墙
纷纷落入溪流。它们有些沉入水底
有些一路向东去
有些化作了偈语——
"何处长虹溪上来?"

注:龟山弦诵、虹桥暮雨皆为古将乐"三华八景"之景点。

兰花溪红豆杉王

芦　忠

你来的时候，兰花溪还没有名字
它喜欢奔跑，喜欢唱着轻快的小曲，分分秒秒，
在你的身边你的耳朵怀孕两年，泥土推开
小脑袋探出，睡眼惺忪

龙栖山是你的，风是你的，雨是你的，太阳是你的，
星空是你的，小溪唱着唱着，就有了兰花，它是温柔的
温柔的还有月亮，这神秘的小姐姐，常常变换模样，
静静地陪着你，一年一年，又一年

你学会了站立，学会了弯腰，学会了坚守，学会了
奔跑，不停不停地奔跑，朝着天空，这自由之国
奔跑，不是你的创意
1570 年，也不只是，你的表白

许多伙伴都走了，许多伙伴又来了
我认得有杉、松、竹，还有山茶、芦苇
当白鹇追逐着另一只白鹇，一根羽毛飘悬着，在你面前
天空就变成丰富，这与语词无关

龙栖山

罗唐生

我走在一座叫龙栖山的顶上,没有人敢说,一个寓言
会在静静的夜色下悄悄诞生,一头牛用嘶掉的咽喉
说出它听到一阵狂想曲后,忽然平静地倒地,面对强手
它没想那么多,冥冥之中依稀听到啸声冲破岩石断层
闽北以西的西山,以宽厚的襟怀,
把这种心跳收藏进深潭的记忆

虎啸过后是寂静,是稀薄人烟的山麓托出的寂静
是一声虎啸撕裂山岭的寂静,留下暗影静静地被月光
提升到悬崖的高度,海拔又把这种记忆带入永恒
一部自然主义的史书
被一阵风吹过,叙述的寓言带给我一声叹息
以及石牛栏一样坚硬的内心

桃溪春涨

何爱兰

未见桃溪，也未见桃花
只有春风途经的村庄
在岸边卷起一簇簇波澜

遥想旧年，那些欢腾的水
那些沾满馨香的花朵
在古籍里缓缓流淌
"桃源春二月，花雨落晨昏。"
不如，趁着诗意趁着清晨
再练习一回桃溪春涨的盛况吧
比如击鼓踏歌
比如撒一把桃花入水
铺十里红妆，随春色
送别一个远嫁的新娘
去往今朝的太平盛世

人世间，多少旧物被一一撤回
所幸，桃花与春雨依然在佳节重逢

将乐,在深呼吸中
镜　子

　　做一次深呼吸,白鹇就能从诗词里走出来
　　她重新把故乡搬回将乐
　　这时,最好是黄昏,鹭鸣湾的白鹭
　　啄开清纱般的水雾,露出人间的本色
　　在清澈面前,难得它们保持着不慌不忙

　　做一次深呼吸,就可以跟随徐霞客的火把
　　去探究玉华洞的幽凉
　　那些挂在石瀑布上的水珠,不舍得坠下来
　　不舍得坠入人世

　　做一次深呼吸,野杜鹃在新的春天为将乐破题
　　有时候,春天会故意早到几天
　　让杜鹃林占山为王,让宝台山按捺不住激情
　　让美丽此起彼伏

　　做一次深呼吸,龙栖山的阔叶林苏醒过来
　　它们追随兰花溪多年,该皈依了

该用仙人塘寺庙的香火超度一片树叶的
宽阔。仿佛以此来揭开尘世的谜底：
会呼吸的将乐，原来是每一片树叶里都藏着
一个不大不小的雨季

常口：金溪之上

罗唐生

不是童话也并非天使，托着或旋舞在太阳周边
心生无限温暖和柔情，枯树是萌发绿芽了
金溪之上的常口也在召唤。风车在上
轻吟浅唱，晓梦啼莺
其实这都是神奇妙的安排，我不会叙述
将其回收到诗歌中去

一个消息在悄悄打开村头的深井
常口发生的故事，被鸟声收听
她的面孔，被太阳照出轮廓的硬度
她变幻姿势，穿过叶子
她的故事一直在河流和森林继续
沿着河道走，春潮涌出细微的血管
从春天的枝头发出了脆响

欢呼雀跃，不经意间，风从田野吹到各个角落
吹到她灵魂的隐秘之处
一列动车满载而来，夹着春天的诱惑

我的文字又无法表述此时春情荡漾

沿河道往山涧走
静静的风穿过谷底,林中的剧场诱惑我
登过山顶,无声的绿波落满身心
仿佛有一只鹦鹉在近旁点燃我的激情
我无法抑制我的喜悦

我沿着公路向西
祖先如金溪水迂回
在飞逝的时光中,定格出生命持久的韧性
于是我有了更多惯性的思考,比如峰回路转
它们的爱和思想,它们的青春,被惯性吹来的风收藏

此时,我与诗歌都在常口
云儿在天上放牧,清新的空气,就是常口最好的注脚
水鸟又尖又长的嘴恰好伸向深水域
碳票带来的力量,让雷霆爬过了天庭
这是对常口绝好的隐喻,我在绿海中奔跑
我在村落,听到了乡村振兴的呼号

其实,我到过的常口,到处都是一片繁忙
成熟的稻谷,储存着人们的热血
辽阔的森林正悄悄地积蓄新生力量

那些从我身边经过的火车、小草、河流、云彩
以及劳作的人们,它们奔跑或者沉思
脚下都系着一颗星球
而所有这些,你是否看见,或者说是否真正看见
秋风过处,我身旁的常口,正在梳理她宽松的羽毛

尤溪

半亩方塘

陆 承

古意倾斜，水墨咏叹，尤溪册页顺遂
三明的万物经，闪烁之星
或灵犀之水，层叠典章和力量

半亩方塘肇始了一次行旅，朱子之船
慢慢驶进内心的港湾
南溪书院描摹或呈现接近桃花源的庙堂或江湖
吟诵消融春秋，笔墨刻度灵魂
远方之远，或此时此地的注释
萦绕典藏的建筑美学，互文屋檐下的莺歌
跌宕一卷隐匿的锦绣。谁敕造了辽阔的芳华
谁在朱子文化园建构了
往事和未来凝铸的彩虹之桥

我索引开山书院的底蕴，践行"源头活水"的
辞章，在蓬勃的物象中

穿越殿堂或乡愁

春风拂过,草木宁雅

夏雨浸润,珠玉碧透

秋实回馈,瓷器回环

冬雪晶莹,清茶芬芳

坚韧的"龙舌燕尾脊",衍生语言和哲学

在充盈的匾额上,梳理笔法或格局

映衬宽广的胸襟或炙热的撰述

南溪书院（外一首）
沈 河

南宋时起的名字，身由现代材料组成
那时的朗朗读书声
不会织成一块布，叫耳朵在上面歇息

地价天天上涨，也要腾出一块地
坐落南溪书院。在喧嚣密布的县城
也要找一麻袋的静，放在这里

人纠缠在矛盾之间，守着旧的
却把自身整得天天出新

如身体滑向沉旧的我
牵大家的视线移向角落的一朵朵野花
把石缝跳出的芬芳
装在一个废弃的木箱里

摇

风,藏在青印溪的深处
整夜在筹备力量
在清晨,先在水面掀起了涟漪

然后上岸,摇动小草,摇动整片玉米地

摇动我的头颅,脖子的生硬
一粒粒地丢失
在是非面前,在瞬间
我所做的决定一目了然

朱熹故里（外一首）

阿 卓

我要赞美的，不是泥沙堆成的小洲
不是小洲里几块补丁式的竹林，更不是
摆摆晃晃的铁索桥。我要赞美的是白鹇翔集
锦鳞游泳的河流所环抱的"紫阳公园"
我要用"古城遗韵"与"榕荫怀古"
用"福星高照"和"求索之桥"
用"观书问水"，用"涌泉思孝"
用"鱼跃海天"与"福明烟波"来赞美

鸟语花香的清晨，树荫清爽的午后
舞者轻盈的傍晚，恋人蜜语的夜间
这些"紫阳公园"的美好时光
我都要一一地赞美。我更要赞美
公园建设的决策者与劳动者。用灯火辉煌
用喷泉高歌，用一个普通市民的掌声
用孩子们鲜草露般的笑语，用老年人
溢出皱纹的幸福感来赞美

枕 头 山

山，浮于水上
雾岚奔流。是谁与松涛
唱和吟诵，取山泉泼墨丹青
揽山峰做枕，扯云朵为被
千年不忍离去

山的内敛，风吹不动
山石承载着厚重，云朵无法举起
朝阳像山峰托起亘古的佛光
云雾中，草木复苏，鸟鸣高亢
人间烟火正旺……

桂峰村（外一首）
昌 政

依山而建的古厝
地基都由乱石垒成
从远处看，条石与土墙混在一起
有粗糙之美
精致属于金牌
多半挂在厅堂或素胸

石径曲曲折折
带着一个村子往外走
断垣空出的岁月
谁知填了枯井
抑或被一个私塾先生携去了省城

阳光有时会向天井倾斜
毕竟云也落下了雨
至于草，长在墙头或路边
秋风一起，全都黄了
村里的老泉改不了往低处去的旧脾气

雪意止于岭上
下山的又一股春水
没人伴行也一样要去远方

一定有些圣旨掉落在石板缝里
没人捡起就长苔了
就想爬上墙去涮一道锈绿色的标语
而木门咿呀推开
探出一张被风暴揉皱的脸
最好听的
仍是稚子的笑声

天 湖 寺

就像一小片收藏在莲花峰顶的旧时光
一半还由念珠数着
一半泡在月塘

在塘边
朱熹与那年的野菊结伴登上了《尤溪县志》
至今俯瞰小城绽放
传说，还有一场大火
埋在了
寺后的古墓

联合梯田三十行
南有湘竹

天地间空出一架巨琴
先民弹过
拓荒者弹过
赶考的人弹过
空谷佳人弹过

山路间展开一卷巨画
春泼水墨
夏划碧波
秋摇金浪
冬晒留白

鹊桥上投下一副天梯
牛郎借过河
织女借过岸
金鸡借过山
日月借过坎

水云间揭开一幕仙境
东边连云烟
云山下云田
联东天联西
联南地联合

骨子里掏出一世遗产
千镐万锄
千沟万壑
千叠万层
不过是耕者眉宇天风

琴键间挤出一片苍茫
山鹰盘旋鱼鳞云策
神仙落指
点土成金
不过是天人珠联璧合

联合梯田
新品种

"全球重要农业文化遗产"，乡愁的策源地

梁 梓

在尤溪联合乡，体味坦荡与壮美
我像一个蹩脚的工匠，以至于无法写成一首诗
"运营山与水的力场
一个锁住时间、美善和希望的小小保险箱。"
像平铺直叙的锦绣
像展示泥土美学的沙盘，激荡着最原始气息的赋格曲
那隽永的线条呵！像父亲闪光的背脊
正灌浆的稻田涌起，像丰满的乳房
我驻足，迷恋。被弥漫的乡愁，一次次裹挟其间
我是在陶潜的田园诗里体验归隐之乐
还是得意于逃离快速喧嚣的现代生活

我被另一种梯子举到一个高处？时间，突然慢下来
这朴素之美，让我的肉体和灵魂角力
这一页自然之书在默读我？这温暖明亮的章节？
我是一个词？我不知道我本真的属性？
我在这典籍之上不停地释意？
真实的想法：我想在这儿归隐，做一个山野村夫

我看那一群白鹭飞起,拍打着空气
拍打着我心,几只蜻蜓在巡视
它们复眼中的这个世界
会不会比我看见的更美?此刻,山体柔软,如我的心
唯溪水的佩环应和着我神奇的想法
唯溪水的卷尺还在探测人间的幸福

光 裕 堡

林长煌

来到这座有 172 年历史的堡垒
我被它用射击孔
瞄了一眼

光裕堡有 120 只眼睛,从道光二十七年
一直瞄到 2022 年
从留着长辫的贫民
到顶戴花翎的官员
从扛枪散襟的土匪
到队形整齐的解放军
从面挂笑容的村民
到忙于奔波的驻村干部

对于百年来的这些人,这些事
光裕堡的眼睛
只看,不说

街面水库
沈 河

暂时丢掉人间。与人间纠缠不清的爱和恨
随身而来,保存爱
把恨当作一块石头,扔进街面水库

集结各路的水放在街面水库
我的凝视投入其中
引出,去人间,去稀释人间的苦和痛

半月岛与白鹭共舞

张龙游

其实舞动的地方是依山傍水
我是江南看客,一眼就认出飞翔姿势
却无法与它们共舞
河边的声音让心灵安静
我的生命在朝暮思念一种欣喜
河岸、绿树。一种距离
产生美丽的生命,彼此欣赏

半月岛清澈河水可以荡舟
我感受触摸绿色气息,它让所有的目光
辨清滚滚红尘,任你自由地翱翔
熟悉白鹭和春光在这里安静
我的血液涌动长出清新的叶片
漂泊的心有了方向
我倾心于飞舞的情节
就像笑容阳光般一样温暖

白鹭在飞舞,我行走在唐诗宋韵里

山水储满爱的缠绵
受伤的心，终于拥有了固定的依托
更多时候，在迷失中找到回家的路
伴着高飞白鹭，我觉得心平气和
仰望天空，瞬间心胸
在湛蓝色中生出包容的天地

龙门落叶

梁新运

我站在季节的细枝末节
抽取一丝凉意
披着晚起的阳光
沿着叶子的脉络
比风还轻地飘落
没有一声回响
贴近母亲的胸膛
温暖的是一座村庄

大田

广平银杏群

汤养宗

时光是有血有肉的。通过具体的
几棵树，显示空气中的大师
在枝节间责令年代移位的手段
每一天的飞鸟都在证明，有的法则
因为站着不动，反成为
僭越万物因果关系的由来
什么地方也没有去过，却一口气
跟着日月奔跑了上千年
你们黄金披身，也有疤痂和残皮
那是风的秘籍与雷电的擦痕
说身体从来不是局外之物
岁月的细节继续负责着深长的意味
而静寂一直是喧哗的
这些隐与显，我不知如何去褒扬
只见漫天飘扬着金珀与叶片
像是谁特意降递给你我的天书
对天地的敬畏这刻就是摸向树身的手感
天命巍峨，你们就是时间的肉身！

路过一个名叫阳春的村庄

叶玉琳

冬日的暖阳照进大田吴山
照进章公祖师故里
一个名叫阳春的村庄
普照堂顿生温柔
而你面相庄严
菩萨啊,纵然隔着千年苍茫
人们依然能够拜见你的肉身

人们在这里寻找光
光就从银瓶尖的缝隙钻进来
人们从你的脚下寻找水
水就从圣泉岩涌进来
渐渐地,这些水贯通
一个个名不见经传的村庄
带走沉沉黑夜
这些光蛰伏在体内
把人和大地都变得透明

原以为如此偏远的村庄
只剩下狭隘和寂寞
可是在你这里
有那么多扶贫济困的身影
和你一起抬升了田野
也拓展了四海家园
他们和你一样
走过千山万水
时间的流逝必然留下伤痕
但对于人间的慈悲和爱
却远比想象中来得绵长深情

如此，请收下敬天敬地的人们
以一瓣心香默默敬你
也敬在草木中躬身的自己

印象·大田土堡（组诗）
连占斗

凤阳堡

我惊讶于它的方方正正
五百年来一直秉持这样的性格
我感动于它的当仁不让
占据田园的中央
五百多年来寸步不移
我敬畏于它的威严肃穆
刀枪一律抵挡于墙外
神明和忠厚之人才能入内

它是一枚方正的印章
批准保留五百年的华典
凡是善良、仁厚、勤俭的一律盖章永葆
凡是匪恶、抢劫、偷摸之事
一律盖章清除
它还盖章允许太阳普照山村
同意鲜花永久地盛开点缀

芳联堡

土墙还很结实,一百多年了还没有苍老
坐在山坳里,等待着一次又一次的来访
或许是流云,或许是春光,或许是遐想
或许是过客,或许是四季交替时的大度与悠闲

门开着,让物体进进出出
当然还有人,熟悉的,陌生的
一间又一间的房子储藏了许多时光
有的有霉味,有的与外面的蔬菜一样生鲜

罗梯张开着,让人自由地流动
一百多年来的主人,脚步都不一样
有的沉重,有的像泥土,有的是石头
而今天,流畅的步履比歌还要轻飘
因为都想丈量别人,而不想丈量自己

枪眼还是以一种警惕的方式瞄准着
它目睹了青山的变化
比如人爬上去比蚂蚁还小
比如,越来越多的车辆盘山而去
它看见了更多的面孔打量着自己
善良的,猥琐的,锐利的,枯萎的

它不知道世道已经深耕了多少回

门板和柱子十分的光滑，收不住任何的光芒
但尘埃沾住了，存在记忆深处
对比着什么是物是人非，什么是人世沧桑
它告诉来者，进去的门也可以出去
出去的门也可以进来
它没有限制，是你们限制了自己

泰安堡

古堡，这里当成我的家
祖先的家，后世的家，时间的家
我扎营在这里
不带一兵一卒，不带一丝匪气
我扎营在这里，与几十具棺材为伍
与老鼠、蟑螂、蚯蚓、蜘蛛为伍
如果尘埃要混进来也行
我们都是兄弟，都可以举杯畅饮

我把大门一关，村庄便消失了
那些兵匪便挡在外面
我便可以从枪眼中射杀他们
这是我唯一的活生生的乐趣

乐得他们人仰马翻，丢盔弃甲
我是古堡之王
高坐出于厅堂之上
仰望日月

我就在这里生根了
再坚硬的石头、石板、土墙都将裂开
让根生进去
我认定这是我唯一的家
几百年不倒，几百年不死，几百年与我同欢
自己撰写自己的传说
不怕荒诞，不怕残酷，不怕寂寥
我安了家，便安身了
不分辈分，不分朝代

安 良 堡

昨天，它轻轻地打开门
放更多的人出去，到远方去，到北方去
到天边去，到最遥远的地方去
去了，不是为了回来，去了是为了落地生根
为了长草，为了把脚步变成故土
为了让故土再一次倾听子女的喊声

今天，它又轻轻地打开门
生锈的门，被虫子啃得面目不全的门
这些木头，耐得住任何的非礼
厚厚的大门，时间是挡不住的
它一再被打开，有时是双手
有时是风，有时是脑子
而文字打开的不多，今天是一次
或许今后还会有，成篇的文章
像洪水进来，接受淘洗
难道只有枪声读懂了它
而流向远方的生命成了陌生的标点吗

当厚厚的土堡之门缓缓打开时
我看见门板上的尘埃掉下来
我寻着咿呀的声音望去
看见开门的竟然是数百年前的先人
他们不曾离开过，坚守着这扇厚厚的大门
与他们一起坚守的是这些尘埃
只是，每开一次
尘埃就落一次
而先人们永远与门板站立着同样的高度

安贞堡
童寯旧

通驷桥

华晓春

杞溪村的通驷桥在水上卧了五百二十年
我们却不像落叶或者鱼从水上来
我们是水声传递了几百年才收到的潺潺
四匹马齐刷刷通过之后
蹄声隐遁
远山寂寞

我们是之前驾马的那些人？
或者是廊桥里4行40根柱子间不停变幻的哭笑声？
风雨在桥外交加
谁和我此刻一样将手扶上栏杆
感叹一只黑色的雨燕
正从桥洞里穿过
满眼桥外的青山
似正燃着火
或者笼着烟

或者等了五百二十年

也没等见那人归来
不像我苦候28年就握住了妻的手
妻仰望着斗拱里仅存的龙头
打探着另外两条龙的去向
曾经戏耍的那颗龙珠
更不知去了何处
又照耀了谁的日月

不期而遇的通驷桥
我们经过的时候
是突然跃入廊桥的水花
抑或是镌刻进廊柱上的结跏趺坐
或者又是谁的梦
遗失在烟雨缭绕的廊桥

七星湖，收养一条大河
颜良重

再次与你重逢，我能有什么
可以交付予你，这阔大的清澈与平静

我不识水性，不敢去想象一条鱼
是怎样荡起涟漪，去驾驭转瞬消失的自由
我也不是飞鸟，看不见这四十里没有险滩的水路
是怎样与戴云山，曼妙地和解
但我看见鸬鹚寨的高崖，如三国的赤壁
扑通一声跳进湖里，与日月共浣濯，至今不上岸

波光粼粼的水面，是个孤独的金属物件
夕阳下的渔民，看见过村庄黑白的身影
逐日下降的水位，依旧呵护着搁浅的竹排
归心似箭的小草，下了渡口码头直奔湖底
在冬季，万物的心朝着老家和春天的方向

一座大罗山，端庄伟岸。一座大罗岩，衣袂飘飘
一只落地的飞鹰，自然有了仙风道骨

它从苍天之下、群山之中,找到了水的主人
一条红色的鲢鱼,逆流而上,掀起北上抗日的波浪

高才人稍稍退后一步,就把一条大河
养在了七星湖里。而七星湖也不负众望

驯服了洪水之后,又把众多的山体,救活了
按照红鲢鱼的样子,把它们养育成游弋的岛屿

走过悬索桥,就像弹了一遍水上的竖琴
余音,是一件特别的礼物。赠予东去的流水
作别百里相送的均溪

象山吟（外一首）

胖　荣

要牧羊，就来象山吧
站在象山岩，喊一嗓子
大山体内的云雾
就飘上山坡
将象山，放牧成天山

天空，投进了月牙湖
好像要将身子，洗得湛蓝、透彻
要将人间，洗成蓝色的海
你看，漫山的杜鹃花
羞得，满脸通红

象山仍然，心怀柔软
比云海轻的，是晨光的金黄
比太阳高的，是山坡上的狗尾草
比山谷回音要响的
是你说出山下，不敢说的话

敲响钟声的是象山寺
渗进草木和岩石的是诵经声
山坳间的风仿佛在
吟,草木知羞耻,石头懂善恶
吟,云海藏千山,金光照万峰

十 八 潭

我还在山外,就已经知道
十八潭的水,连着水
十八潭的清澈,连着清澈
十八潭的沉默,对着沉默

你有一潭瑶池,你有一潭翡翠
你有一潭五彩,一潭聚宝
这些,远远不够
你还有一潭明镜,你还有一潭知音
你还有一潭忘忧,一潭明月

我来了,你仍然只顾,水连着水
清脆叠着清脆
唯有这欲望,是我们的

十八潭,从我体内流过

像寺庙的钟声到来
空山余音,溪水澄明

均溪（外一首）
连仁山

正如你所知，它的命运是曲折多变的
但它的快乐是一贯的。你看
它一直按照自己的思路，在流动
现在，又哼着一支跑调的曲子
一路小跑着。穿过我的城市
它似乎越来越满意自己了。我承认
我也越来越深地，爱上它
包括行至低处时的宽广、大度、平和
可它一生究竟接纳多少不同出身的流水和泥沙
又暗藏多少足够硬的石头，和道理
惭愧啊，一起走了这么多年
我还没沉淀下来。看清它的全部

在白岩公园

来到这里
我才发现，春天已经很广泛
或者说我已经落后于

一株草，一棵树，一朵花

多么盛大的露天工厂
大地制造出如此优质的美色
它们吸足阳光，水分和香气
普遍有了觉悟

除了无所事事的那片云
天空基本被鸟儿占领了
它们随身携带的乐器
和孩子们一起，打开了喉咙
声音那么新，那么亮

人间重新解放了
此刻，我坐在一块岩石上
把身体最重的部分，卸掉
只留下最轻的呼吸

在金岭（外一首）
叶建穗

在金岭，县城穿过了
树梢与云朵
比想象的，还要远许多
也低了许多

如果，金岭的山腰上
那株树
那株最大的树
把美
献给了县城的人民

那么，我就把这株树的一片片树叶
撒给关于这座县城的
人间

如果，爱上这座县城
就把脸贴近金岭
贴近金岭那株最美的树

也贴近透过树梢的
那颗月亮

大 石 溪

在大石溪,我寻找大石
很多的石块
却在溪里被打磨
她们好像
记不住出生的地方

一片片风
吹过了大石溪
想把石块搬开
搬到更加凉爽的地方
让石块
给快来的秋天
一个交代

我来大石溪
找寻一次美好的收官
把从邻里听来的传说
扔回给大石的溪水

好在,大石溪的两岸
烟火依然
多了几辆显眼的房车
也不失为
她是许多人的故乡

每次,去大石溪
有不一样鼓掌的树叶
每次,都从树叶边缘
接近他们的故乡
而酒杯,总会站在身后

茶香温暖百年的时光
——致大田美人茶

潘宁光

风在耳边
云海在高处
有风的云海是自由的
它们空空的衣袂
如人类最初的声音
使屏山无言

再走半步
天就空了
一秒一秒地安静下来
听大地
在阳光下呼吸
听这里的露水
绊倒过从茶香
醒来的美人
听所有的手
都接不齐她的光芒

这里的草木

离天空最近

让一壶岁月的静好

愿意行走在草木的叶脉

这里干净的水

如期到达

和想象中的高僧

一起煮茶

这里的茶香啊

温暖了百年的时光

紫云瀑

林珠妹

是瀑布
就要弄出声响

你在寻找危崖
目光拨开云层
探出脸

你站在悬崖边
纵身跃起
像斑羚飞渡深涧
自上而下的力
草木颤抖着倾倒

横空而出的巨石
撞飞你的方向
成粉成沙
你发出兽的声音
鹰一样坠落

附录：

名家谈三明诗群

"三明诗群"是一个现代诗地缘美学部落，形成于1984年，由蔡其矫倡导、范方组群，现有成员400余人，以三明市为地缘中心，遍布全球五大洲。诗群以探索中国现代诗先进诗学为己任，以建设繁富强健的现代汉诗为目标，秉承"大时空 大心境 大技巧"美学理念，"创作、理论、朗诵、普及"四路并进，其发展经验和艺术特色多次被中国文联总结推广，成为三明文艺一个闪亮的集群品牌。2022年11月下旬，"福建作家第十期培训班暨2022年现实题材创作高研班"和"三明市文联系统干部培训班暨诗歌创作研修班"在三明市沙县区举办，《诗刊》主编李少君、中国现代文学馆研究员北塔、北京外国语大学教授汪剑钊等著名诗人为两个培训班学员授课。最近，三明市文联就三明诗群相关话题对3位名家进行了专访。

李少君：发扬现代与传统融合的特质

李少君，1967年生，湖南湘乡人，1989年毕业于武汉大学新闻系，主要著作有《自然集》《草根集》《海天集》《应该对春天有所表示》等，被誉为"自然诗人"。曾任《天涯》杂志主编、海南省作协副主席、海南省文联副主席，现为中国作家协会《诗刊》主编，一级作家。

颜全钦：您主编《天涯》的时候就编发了叶来、陈小三、鬼叔中等三明诗人的作品，是在"21世纪诗歌精选"栏目。后来您主编《诗刊》也刊发了很多三明诗群的作品，应该说您对三明诗群的发展提供了很多帮助！请谈谈您对三明诗群的印象。

李少君：我在《天涯》杂志的时候，发过鬼叔中、叶来和陈小三的诗歌，当时注意到他们的诗歌有一种特异性。因为在2000年前后，诗歌界的风气，主要有主流的抒情、学院派和口语诗三类，像鬼叔中他们几个的诗，跟这三种类型都不太相同，既有对这些类型的一个融合，又有一些传统的民间的故事、经验和文化，带有乡野性、草根性。我觉得非常有意思，《天涯》因为比较具有包容性，很注意这种独特的风格。但是我那个时候不知道他们是三明人，后来，随着跟他们有些联系，才知道三明的诗歌创作很活跃，注意到三明诗群其实已经开展了很多的活动，而且"三明诗群"这个概念已经提出来了。当时我对福建诗歌的了解，除了像著名的舒婷、蔡其矫，年轻一些的汤养宗、安琪等等，对三明的诗人算是比较熟悉的，对三明诗群也有所了解。后来还发现，原来早有交往的宋瑜、黄莱笙、詹昌政、林秀美、卢辉、赖微等等其实也都是三明人。我也了解到，三明实际上是福建现代诗较早的一个发育地之一，也是福建诗歌创作最活跃的一个地方，这个可能很多人都不知道。三明从地理位置上也不是很特别，为什么会有这个现象？我觉得可能一个是因为三明是客家文化的发祥地之一，就是传统文化比较深厚的地方，三明的诗人写诗这方面受此影响可能是比较大的。第二个就是现代诗比较早地进入了三明，因为蔡其矫、范方等人的原因，孙绍振、刘登翰他们助力，比较早地在三明普及了现代诗的知识，他们还在三明编辑过现代诗选。还有一点可能比较重要的，就是他们正好和当时已经开始转入寻根或者新古典主义写作这么一种方向的台湾现代诗人洛夫、痖弦等正好有交流，或者说有一种不谋而合的契合和共振，所以，三明诗群实际上是比较早地走在了中国大陆的整个现代诗的前列，跳过了最早的像朦胧诗的对西方现代诗的模仿接受，直接进入了寻根和新古典主义阶段，三明诗群一下子就显出了其特别和特殊性，这个很有意义。

颜全钦：对三明诗群的发展，您有什么建议？

李少君：我觉得三明诗群，还是要发扬将现代与传统融合的这样一种特质，这种特质在中国整个诗歌版图来看，三明诗群是比较突出的。我觉得可以围绕这个做一些工作，比如说开一些研讨会，出一些诗歌选本，做一些推广，包括朗诵会等等，很有必要。这个工作需要比较有系统有规划地去做，可以考虑成立一个三明诗群发展规划推动小组。其实"三明诗群"的这个名声已经不小了，我觉得需要再上一个台阶，可以借着现在福建本身推动"闽派诗歌"的势头，争取成为"闽派诗歌"最重要的一个组成部分。在"闽派诗歌"里面，成为靠前的一个诗群。我曾经在讨论"闽派诗歌"时，概括有三个特点，第一个是海洋元素，第二个是中原文化的根底，第三个是女性气质。中原文化根底，三明诗群特别有代表性，就是对传统文化一种新的转化或者说创造。把现代和传统融合起来了，重新创造，这个很值得发掘推动。

颜全钦：您是第一次来三明、来沙县吗？

李少君：我是第一次到三明，到了后有很多感想。第一个是三明跟《诗刊》有特殊的关系，毛泽东的《如梦令·元旦》，发表在《诗刊》的创刊号上面，我到了三明才知道，原来这首词就是在三明写的。宁化、清流、归化、武夷山下，马上就有了历史的画面感。风展红旗如画，我们庆祝建党百年的诗歌选本，也是用的这句做书名。第二个就是发现这里传统文化根底深厚，有很多客家文化留下的痕迹，去看了之后很受震撼，看到了中华文明生生不息的力量。第三个，就是三明其实还是一个不断创新的地方，包括沙县小吃等等，我第一次在这里吃到机器人炒菜，还有很多方面都是这样，大胆开拓创新。

北塔：响亮的"三明诗群"还应该更好地推广出去

北塔，中国现代文学馆研究员，系世界诗人大会常务副秘书长、中国外国文学研究会莎士比亚研究分会秘书长、河北师范大学等高校客座教授，曾受邀赴美国、荷兰等30多个国家参加各类文学、学术活动。已出版诗集《滚石有苔——石头诗选》《巨蟒紧抱街衢——北京诗选》，学术专著《照亮自身的深渊——北塔诗学文选》和译著《八堂课》等约30种，作品被译成英文、德文、蒙古文等10余种文字，曾在国内外多次获奖。

颜全钦：应该说您与三明诗群挺有缘分的。您17岁时就读到了范方先生的《还魂草》，后来认识了林秀美、卢辉等三明诗群诗人。这次在沙县，您又为三明诗群诗人授课，还做了精彩的作品点评。请具体谈谈您与三明诗群的渊源。

北塔：与三明诗群的渊源，可以追溯到我与蔡其矫先生的交往。早在20世纪80年代，我上中学时，就读过他的作品。20世纪90年代初，我在重庆读研究生的时候，写过有关他的诗歌的赏析文章。我后来到北京，曾经不止一次去东堂子胡同他的家里拜访他。我喜欢蔡老的写作风格，直抵人心，比如说《祈求》，我觉得这首写于"文革"末期的诗到今天依然有其现实的警示意义。比如这样的内容："我祈求歌声发自各人胸中/没有谁要制造模式/为所有的音调规定高低。"

与三明诗群的渊源，还可以追溯到我少年时期与范方先生诗歌的偶遇。我上中学的时候，大概是高一，在家乡苏州的盛泽镇（当时是只有5万人口的一个小镇）新华书店里面看到范方的诗集《还魂草》。时间过去已经40年了，我现在依然记得它草绿色的封面，开本小小的、薄薄的，很素雅。我当时对诗歌界和范方老师一无所知。我站在书架前翻开诗集，一首首读，特别喜欢。一个少年对诗歌的修辞不是特别的重视，感受的是直击心灵的文本力量。我买了那本诗集。当年，我可能一年也就买一两本外国著名诗人如拜伦、雪莱的诗集，当代中国诗人诗集则一年也买不了一本，但是我就买了《还魂草》。

我想我跟三明诗群的渊源是冥冥之中注定的，也是极为特殊的。

我当年喜欢范方的作品是因为觉得其意象丰富，思维辩证——有转折，有起合。比如说他写的《童谣》这首诗非常典型，其思维从生活中来又有提升，意象从空间关系转到时间关系。这种巧妙而合理的时空转换思维一般诗人是达不到的。我觉得范方先生是三明诗群很难超越的一个高度。

后来我又认识了林秀美、罗唐生、灵焚、卢辉、巴客等三明诗群诗人，他们的作品我都挺喜欢。林秀美的诗柔中带刚，有清丽的一面，也有内在的精神力量，比较蕴藉。我在我和龚璇主编的汉英双语版《2020中国年度诗选》曾收入她的作品。

颜全钦：在您看来，三明诗群是怎样一个诗群？有哪些特点？

北塔：三明诗群给我总的印象是，第一，年龄梯队比较整齐。从蔡其矫先生20世纪70年代末开始潜移默化的影响，到范方先生20世纪80年代中期自觉倡导创立诗群，后来发扬光大，全国知名。三明诗群历代都有代表诗人，都有优秀作品，如20世纪八九十年代就有一些优秀的诗人，像慚江、赖书生等，很有才华，对生活都有比较深的感受和戛戛独造的表达。第二，多数三明诗人以一种平视的视角，把生活的本来面貌呈现出来，呈现的时候带着一种欣赏的喜悦和爱怜的态度，不像有些地方的诗人对生活持一种反思和批判的姿态。我想，这可能是因为三明山清水秀、物产丰富，生活本身（包括美食）比较精美、惬意。当然，我这里主要指的是一直生活在三明或福建的诗人的风格，离开福建的变化比较大，比如灵焚先生。另外，还有些诗人展现出一定的神性思维。第三，三明诗人的语言姿态大部分比较温和温婉，不那么凌厉、决绝，他们诗歌生涯中风格的变化也不太大。我觉得这跟当地平和的社会心理文化相关。第四，修辞不是那么密集，修辞程度不是那么高，三明诗人的写作模式以直接抒发心灵感受为主。

颜全钦：请您谈谈对三明（沙县）的印象。

北塔：我认识了林秀美、罗唐生等三明诗人之后，就一直想来三明看看，但是一直没有机会。这次有机会来三明看看，满足了我多年的一个愿望。到了三明之后，我感慨：相见恨晚。我所住的北方早已天寒地冻，而三明的冬天还这么温润、温暖、碧绿，甚至多彩！

沙县的烟火气特别浓厚，是让人特别喜欢的一个小城。我当然早就知道沙县小吃；但还是没想到有那么多种类的小吃，每一种都很美味，我觉得那些美食轮换着吃，让我吃一生也不会厌倦。让我意外的是，沙县不仅有小吃，还有一些主菜硬菜，甚至山珍。另外，我们还去观赏了水美土堡。这个建筑群绝对可以列入中国最美传统建筑行列，规模宏大，结构整饬，内部的装修装饰和局部的细节设计，包括壁画、雕刻、书法，都非常精美。这个景区值得大力宣传打造。

颜全钦：您对三明诗群的发展有什么期望？

北塔：美食美景需要美文传扬。我建议用文学作品包括诗歌写沙县小吃，古今中外写美食的诗歌很多，好像还没有谁写沙县小吃写出非常动人的诗歌作品。可以发动一些外地的诗人写，他们初来乍到，更有陌生感，有意外的审美刺激，更能够产生一些特殊的奇妙的灵感，写出配得上那些美食的作品来。

可以考虑编辑出版写沙县小吃的诗歌小册子，将来在做小吃文化宣传时把一些比较精妙的诗句附在图片下面。有些朗朗上口的诗歌作品可以朗诵甚至演唱。这些作品，不仅在当代可以做宣传，将来有可能还会流传下去。水美土堡这样的景观应该用文学的方式去演绎。我希望有更多的当地文学界人士参与。一方面是整理土堡本有的故事，另一方面可以触发一些灵感，加入想象，创作出相关的作品来。这个算是我对三明诗群的期望，即三明诗群对宣传本地的产品和历史文化景观资源应该尽自己的义务。

我的另外一个期望是：三明诗群的诗人应更加注重对生活的反思，然后写得更加深入一些，要抵达内心的深处。我给三明诗群的题词是三句话："三明诗群早就一鸣惊人，预祝再鸣惊天，祈愿三鸣惊心。"我觉得三明诗群自我意识非常强，从范方老师那个时候就已经有这种自我意识，就是整体自我的凝聚、营造、锻炼、提高和推广。三明诗群到北京、到外地做过推广活动，应该说已经"惊"过人了，许多外省诗人都知道三明诗群。"再鸣惊天"是什么意思呢？更多地加强对外交流学习推广，可以考虑把三明诗群的优秀诗作翻译成外文，诗人们找机会出国访问交流，开阔自己的眼界、胸怀，把三明诗群这个文化品牌推到世界各国去。"三鸣惊心"，就回到诗歌本质上来了。我坚持诗歌写作最重要的预期效果还是要打动人心，震撼人心，给人深刻启迪，让人拍案叫绝。

汪剑钊：创作探索与理论追求并重

  汪剑钊，诗人、翻译家、评论家。1963年10月出生于浙江省湖州市。现为北京外国语大学教授、博士生导师，兼中国诗歌学会常务理事、俄罗斯文学研究会理事、北京大学中国诗歌研究院研究员等。出版有专著《中俄文字之交》《二十世纪中国的现代主义诗歌》《俄罗斯现代诗歌二十四讲》《诗歌的乌鸦时代》，诗集《比永远多一秒》《汪剑钊诗选》《毫无缘由的独白》《雪的隐喻》，译著《俄罗斯黄金时代诗选》《俄罗斯白银时代诗选》《记忆的声音——阿赫玛托娃诗选》《我在世纪的心脏——曼德尔施塔姆诗选》等数十种。

  颜全钦：您在福建省作协举办的培训班讲授《陌生化写作与现实主义小说》，在三明市文联举办的培训班您讲授《诗是美的归宿》，两个班的学员都感觉受益良多。您是第一次来三明吗？三明（沙县）给您留下了怎样的印象？

  汪剑钊：我是第一次到三明。以前，去过闽东和闽北。虽然是第一次，三明还是给我留下了相当深刻的印象。这里山清水秀，民风淳朴。三明人给我的印象是脸上都有一种蓬勃的生气，他们热爱生活，热爱家乡，待人友善、热情。同时，我也觉得，三明是一个很有文化底蕴的城市。这种文化底蕴，在著名的沙县小吃上也能看出来，可以说，饮食上这种对精对美的追求，恰好就包含着对美好生活的一种向往和追求。当然，三明给我印象最深的就是具有很好的文学创作氛围，特别在诗歌方面。

颜全钦：您接触过一些三明诗群诗人，请谈谈您对三明诗群的印象。

汪剑钊：据我所知，三明诗歌的崛起，跟中国诗歌新时期的复兴基本是同步的。早年，蔡其矫先生因为他个人的特殊原因，下放到三明，给这个地方播下了诗歌的种子。蔡先生是他那代人中的佼佼者，他在诗歌上的创造力，以及待人接物方面所显示的人格魅力，对三明诗歌是有很大影响的。另外，我还注意到三明诗群早期的一位诗人范方。蔡先生主要是在写作跟理论上有他自己的看法，但是很多组织工作都是由范方来完成的。正是由于这些前辈的付出，培养了三明一批年轻的诗人。20世纪90年代以后，三明诗群有了很大的发展，一批年轻的诗人逐渐在国内诗坛崭露头角。其中，黄莱笙、詹昌政、林秀美、卢辉、鬼叔中、陈小三等，已经是非常有影响的诗人。

这批诗人给我的感觉是他们都非常务实，一直踏踏实实地写作，并且各人有各人的写作理念和追求，形成了个人的风格，同时也非常低调，不事张扬。现在，我能想起来的他们的创作特点，比如林秀美，她的诗歌语言干净，像她的名字一样，却又在柔中带一点刚，抒情里多有对生活的感悟；卢辉的诗歌非常注意技巧，具有很强的哲理性，善于以小见大，在形而下的事物中找到形而上的意味；黄莱笙的诗歌也有很高的哲理性，除了对哲理的追求之外，他也非常注意诗歌境界上的阔大，注重把个人的小我放在世界的大我这个背景来表现，早年，他曾倡导过"大时空　大心境　大技巧"的写作，这些追求明显体现在他的诗歌实践中——写大我，同时注意细节，写小我，有大的格局。我觉得这也是三明诗群一个非常显著的特点。

另外，我觉得，三明诗群跟国内其他地方的很多诗歌群落不一样，那就是创作上的探索与理论上的追求是并重的。他们在写作的时候，不仅注意自己个性的塑造，信赖灵感和经验的发挥，同时也非常注重理论上的提炼和总结。比方说黄莱笙、卢辉，他们都是本身在理论上具有很高造诣的诗人。必须强调的是，这种理论上的探索肯定有益于创作的持续性发展。理论的敏感可以将一般诗人的知其然，提升到一个知其所以然的境界，从而注重诗艺上的打磨，洞悉写作的奥秘，增强诗歌的深度，让读者在获得审美享受的同时，拥有对人生和世界更多的感悟。

一个人的写作不可能处在真空里，他肯定要受到外来的影响，诗人相互之间的接触和交往，相互切磋、相互交流，对提高自身的诗艺极有好处。这方面，三明诗人有着一个极好的氛围，相互鼓励，相互提高，让我印象非常深刻。三明诗群给我印象很深的还有一点，这些诗人大多非常注意自己的本土经验，这意味着他们的写作是有根的，拥有根基上坚实的支撑，但与此同时，他们都具有一种开放的姿态，非常注意向外吸取其他地方甚至外国诗人的一些经验。这样一来，既有根又向外伸展，整个诗歌的格局就打开了。地域性是他们写作的起点，这让他们的诗歌具有较高的辨识度，同时，他们的视野又是开阔的，面向整个世界的。

或许正是上述自觉的追求，三明诗人非常注意跟台湾一些诗人的交流。这种交流，不仅是诗歌意义上，而且是文化意义上，甚至是政治意义上，都是有价值的，值得坚持下去。我觉得，借助这一活动，他们赋予了乡愁又一重含义。实际上，我们每个诗人活在这个世界上，都怀有一腔乡愁，既有地理上的乡愁，也有文化上的乡愁，诗歌恰好就是表达乡愁的一个最好的载体。

颜全钦：基于您所说的三明诗群的这些特点，您认为三明诗群未来的路子该怎么走？

汪剑钊：三明诗群的未来应该怎样？这对我来说，确实是一个不太好回答的问题。换句话来说，这个选择权属于三明的诗人。作为一个外乡客，我要指手画脚的话，是不明智的，极有可能留下笑料。这里，我只想说一下自己对诗歌的认知和追求。我对诗歌的理解就是，诗人是时代最灵敏的感应器，他的写作应该为自己的时代留下最具说服力的证词，所谓"文章合为时而著，歌诗合为事而作"。同时，诗又是指向永恒的。一个诗人在这世界上，既要履行他的伦理使命，也要完成他的审美使命。不避现实，歌颂和批评都服从自己的内心，同时也要让自己的写作具有艺术性，给人以美的享受，同时丰富汉语的表达空间。我陈述在此，与三明的诗友共勉。

（原载于2023年1月11日《三明日报》，颜全钦采访）

后　　记

2022年，三明诗群研创基地获评福建省新时代特色文艺示范基地。为全面展示三明诗群研创基地创作成果，三明市文联、三明诗群研创基地组织开展《三明之美》主题诗歌创作活动。

诗集《三明之美》的选编得益于三明市各县（市、区）文联广泛宣传发动，得益于三明诗群作者的积极响应，得益于国内一些知名诗人为三明抒写佳作。我们还组织"三明之美"采风团到清流、泰宁、三元等地进行集中采风活动，实地感受当地自然生态、历史文化、乡村振兴、产业发展蕴藏的"美"，收集诗歌创作素材，汲取诗歌创作灵感，为诗集《三明之美》提供了一批优秀的文本。

诗集《三明之美》按三明、三元、沙县、永安、明溪、清流、宁化、建宁、泰宁、将乐、尤溪、大田十二个版块进行编选。以"三明之美"为主题，全方位、多层次、多角度地艺术再现了三明革命老区的历史之美、山河之美、文化之美。在编选过程中，我们多次对诗集的体例、题材、编排、设计等方面进行探讨与研究，使诗集不仅符合选编要求，而且能够充分展示三明之美的魅力所在与诗艺所在。

随着诗集《三明之美》的出版，我们还将开展研讨、朗诵等系列活动，进一步激发三明诗群创作活力，提升三明诗群创作水平，增强三明诗群的示范性、影响面和辐射力。

编者

2023 年 6 月